U0088129

ⓐ 雅典文化

one,
two, three
你一定要會的
基礎單字

張瑜凌　編著

MP3

英文保證班・用英文建立信心
一次囊括所有英文基礎單字！

從基礎到進階
萬用單字庫一本在手！

單字是口語英文的架構，
只要背背單字，
就可以順利開口說英文！

目_錄
Contents.

▶▶▶ **062** **front**
前面的

▶▶ **063** **back**
背後、後面、向後、回原處

▶▶▶ **064** **down**
向下、往下、倒下

▶▶ **065** **here**
這裡

▶▶▶ **066** **there**
那裡

▶▶ **067** **full**
充滿的、滿的、吃飽的

▶▶▶ **068** **hungry**
饑餓的、渴望的

▶▶ **069** **empty**
空曠的、空無一物的、空虛的

▶▶▶ **070** **cheap**
便宜的、廉價的、不費力的

▶▶ **071** **each**
每個的、各自的

▶▶▶ **072** **every**
每一的、每個的

▶▶ **073** **both**
兩個的

▶▶▶ **074** **far**
遠的、另一邊

▶▶ **075** **close**
近的

▶▶▶ **076** **away**
不在、離…之遠

▶▶▶ **107 much**
大量的、很多的

▶▶ **108 few**
不多的、少數的

▶▶▶ **109 important**
重要的、重大的

▶▶ **110 wrong**
不對的、錯誤的、有問題的

▶▶▶ **111 right**
正確的、右邊的

▶▶ **112 another**
再一、另一、別的、不同的

▶▶▶ **113 other**
(兩者中)另一個的、其餘的、更多的

▶▶ **114 familiar**
熟悉的、隨便的、通曉…

▶▶▶ **115 famous**
著名的、有名的

▶▶ **116 home**
家

▶▶▶ **117 bath**
洗澡、沐浴

▶▶ **118 shower**
淋浴、陣雨

▶▶▶ **119 time**
時間、鐘點、一段時間、次數

▶▶ **120 now**
現在、此刻

▶▶▶ **121 moment**
一會兒、瞬間

▶▶▶ **122 sometimes**
有時地、不時地

▶▶ **123 sometime**
某個時候

▶▶▶ **124 finally**
最後地、最終地

▶▶ **125 often**
經常地、通常地

▶▶▶ **126 usually**
通常地、經常地

▶▶ **127 always**
總是

▶▶▶ **128 never**
決不、從來沒有

▶▶ **129 today**
今天、現在、當代

▶▶▶ **130 tomorrow**
明天、未來

▶▶ **131 yesterday**
昨天、最近

▶▶▶ **132 tonight**
今晚

▶▶ **133 morning**
早上、上午

▶▶▶ **134 afternoon**
下午、午後

▶▶ **135 evening**
傍晚、晚間

▶▶▶ **136 night**
夜晚、晚間

▶▶▶ **152 what**
什麼、到什麼程度

▶▶ **153 when**
什麼時候、何時、當…的時候

▶▶▶ **154 where**
在哪裡、在…地方

▶▶ **155 why**
為什麼、理由、所以…的原因

▶▶▶ **156 how**
多少、多麼地、如何

▶▶ **157 will**
將會…

▶▶▶ **158 must**
必須、必定是

▶▶ **159 maybe**
大概、也許

▶▶▶ **160 nobody**
沒有人、誰也不…

▶▶ **161 somebody**
某人

▶▶▶ **162 nothing**
沒有東西、沒有什麼

▶▶ **163 anything**
任何事物、一些事物

▶▶▶ **164 everyone**
每一個人

▶▶ **165 everything**
每件事、每樣東西

▶▶▶ **166 someone**
有人、某人

▶▶▶ **182 give**
給予、舉辦

▶▶ **183 make**
做、製造、使得

▶▶▶ **184 happen**
碰巧、偶然發生

▶▶ **185 change**
改變、更換

▶▶▶ **186 take**
拿、花費時間、搭乘交通工具

▶▶ **187 bring**
帶來、拿來

▶▶▶ **188 hold**
拿著、握住、舉行

▶▶ **189 carry**
搬、運送

▶▶▶ **190 catch**
抓住、按住、捕獲

▶▶ **191 know**
知道、認識、辨別

▶▶▶ **192 say**
說、講、據說

▶▶ **193 speak**
說話、說某種語言

▶▶▶ **194 talk**
說、聊天、告知

▶▶ **195 tell**
告訴、區分

▶▶▶ **196 see**
看、注意、理解、拜訪

▶▶▶ **212 learn**
學習、學會、認識到

▶▶ **213 worry**
煩惱、憂慮

▶▶▶ **214 accept**
接受、認可

▶▶ **215 act**
表演、演出、行為

▶▶▶ **216 add**
加、增加上、補充說明

▶▶ **217 advise**
忠告、勸說、通知

▶▶▶ **218 advice**
忠告、意見、消息

▶▶ **219 admit**
承認、允許進入、接納

▶▶▶ **220 afford**
擔負得起、提供

▶▶ **221 agree**
同意、一致、適合

▶▶▶ **222 discuss**
討論、詳述

▶▶ **223 argue**
爭吵

▶▶▶ **224 bear**
忍受

▶▶ **225 beat**
敲打、心臟跳動

▶▶▶ **226 beg**
乞求

▶▶▶ **227 smile**
微笑

▶▶ **228 laugh**
笑、嘲笑

▶▶▶ **229 cry**
喊叫、哭

▶▶ **230 help**
幫助

▶▶▶ **231 favor**
幫助、贊同

▶▶ **232 live**
居住、生存

▶▶▶ **233 die**
死、滅亡

▶▶ **234 like**
喜歡

▶▶▶ **235 love**
愛、喜好、想要

▶▶ **236 remember**
記得、回憶起

▶▶▶ **237 forget**
忘記

▶▶ **238 leave**
離開、把…留下、委託

▶▶▶ **239 start**
開始

▶▶ **240 begin**
開始、著手、源於

▶▶▶ **241 finish**
完成、結束

▶▶▶	**257**	**ask**	詢問、請求
▶▶	**258**	**allow**	允許
▶▶▶	**259**	**keep**	保持、保留
▶▶	**260**	**cook**	烹煮
▶▶▶	**261**	**cut**	切、剪、割、削
▶▶	**262**	**open**	打開、張開
▶▶▶	**263**	**close**	關、閉、結束
▶▶	**264**	**play**	玩、打球、演奏樂器、扮演
▶▶▶	**265**	**thank**	感謝
▶▶	**266**	**arrive**	到達、抵達
▶▶▶	**267**	**display**	展覽、陳列、顯示
▶▶	**268**	**attend**	出席、參加
▶▶▶	**269**	**save**	挽救、節省、儲蓄
▶▶	**270**	**buy**	購買
▶▶▶	**271**	**pay**	付錢、工資

▶▶▶	**272**	**pull**	
		拉、拖、拔、牽	
▶▶	**273**	**push**	
		推、推進	
▶▶▶	**274**	**put**	
		擺放、穿衣	
▶▶	**275**	**clean**	
		弄乾淨、打掃	
▶▶▶	**276**	**clear**	
		澄清、清除、收拾	
▶▶	**277**	**build**	
		建造、建設	
▶▶▶	**278**	**welcome**	
		歡迎	
▶▶	**279**	**try**	
		嘗試、努力	
▶▶▶	**280**	**turn**	
		旋轉、轉動、轉變	
▶▶	**281**	**use**	
		使用	
▶▶▶	**282**	**visit**	
		參觀、訪問、拜訪	
▶▶	**283**	**wait**	
		等候、等待	
▶▶▶	**284**	**dress**	
		穿衣、穿著、服裝	
▶▶	**285**	**drive**	
		駕駛、迫使	
▶▶▶	**286**	**break**	
		打破、闖入	

▶▶▶ **302 just**
僅僅、剛才、正好

▶▶ **303 yes**
是、同意

▶▶▶ **304 no**
沒有、不

▶▶ **305 not**
不、沒有

▶▶▶ **306 really**
真正地、確實地

▶▶ **307 too**
也⋯、太⋯

▶▶▶ **308 either**
也不

▶▶ **309 very**
很、非常

▶▶▶ **310 again**
再一次、再、又(恢復原狀)

▶▶ **311 out**
離開、向外、在外

▶▶▶ **312 in**
在內、在某個時間點

▶▶ **313 off**
離去、停了、從⋯脫離

person

人

- **You're a very kind person.**
  你真是好心的人。

- **What is the name of the person you are calling?**
  你要通話的人叫什麼名字？

▶▶ 深入分析

person可以代表男人、女人或小孩，多半為單數形式。也適用在形容人的性格時使用，例如："I don't think of him as a book person."（我不覺得他是個喜歡讀書的人。）

A: **Where do you keep the files?**
妳把檔案都放在哪裡了？

B: **You are asking the wrong person.**
你問錯人了！

. . . .

A: **He is a cruel person.**
他真是惡毒的人。

B: **He's not what you think.**
他不是那種你所認為的人。

people

人、人們

- How many people were present at the meeting?

  有多少人與會？

- Over 100 people died in the disaster.

  超過百人死於這場災難。

- Some people were hurt.

  有一些人受傷了！

▶▶ 深入分析

people表示男人、女人或小孩，多半表示複數形式，代表「許多人」或某特定族群，例如："young/old people"(年輕人/年老者)、"poor/rich people"(窮人/富人)。

A: Where is everybody?

　大家都跑哪裡去了？

B: Some people were sent to help them.

　有一些人被派出去幫助他們。

A: Do you know how many people applied for the position?

　你知道有多少人申請這個職位？

B: Seven people applied for the position.

　有七個人申請這個職位。

One, two, three 你一定要會的基礎單字

man

男人

- The old man was starved to death.

  那老人餓死了。

- The man tried to avoid answering her.

  那個男人儘量避免回答她。

►► 深入分析

通常指成年男性，為單數形式，例如：" a young man"（一位年輕男性），或某特定單位所屬的男性人員。有時man也可用在口語化上隨意稱呼某特定男性的意思，例如："Hey, man, got a light?"（喂，可以向你借個火嗎？）複數形式為men。

A: May I help you?

需要我效勞嗎？

B: Officer, I think that man is a thief.

警官，我覺得那個男人是個小偷。

- -

A: Who's that man sitting in the corner?

那個坐在角落的男人是誰？

B: I don't know him.

我不認識他。

woman

婦女、女人

例句

☞ **She's a rich woman.**

她是有錢人。

☞ **What a beautiful woman she is!**

她真是一位漂亮的女人！

▶▶ 深入分析

通常指成年女性，為單數形式，例如"a nice woman"(一位好心
的女性)，有時woman也特指妻子或性伴侶，或泛指女性族群的
意思。複數形式為women。

會話

A: **Mark has taken up with a married woman.**

馬克和有夫之婦有染。

B: **Really?**

真的？

. . . .

A: **Do you know that woman?**

你認識那位婦女嗎？

B: **What woman? I don't see anyone here.**

什麼婦女？我沒有看到有人。

child

孩子、兒童

- David has a three-year-old child.

  大衛有一個三歲的小孩。

- Three children are playing in the playground.

  三個小孩正在操場上玩耍。

▶▶ 深入分析

一般說來，對於自己所生的「孩子」有兩種說法：child和kid，若是遇見不認識的幼童，則可以用"kid"稱呼對方，例如："What are you doing here, kid?"(小朋友，你在這裡做什麼？)kid的複數是kids，而child的複數則是children。

A: How many children do you have?

你有幾個小孩？

B: I have two sons.

我有兩個兒子。

. . . .

A: You don't have children, do you?

你沒有小孩，對嗎？

B: No, I don't.

沒有，我沒有。

it

它

- **It's not difficult to learn it.**
  學會這件事不是難事。

- **It's very hot today.**
  今天很熱。

►► 深入分析

it 是指無生命的「它」或動物的「牠」，有時 it 也可以表示時間或人的意思。

A: **What is this?**
　　這是什麼？

B: **It's a map.**
　　這是地圖。

. . . .

A: **Are you David Jones?**
　　你是大衛·瓊斯嗎？

B: **Yes, it's me.**
　　是的，我就是！

this

這個(人、事、物)

例 句

☞ **Who told you this?**

這事是誰告訴你的？

☞ **Check this out.**

你查看一下這個東西。

▶▶ 深入分析

this除了表示「事」或「物」之外，也可以表示「人」的身份，例如去電時，對方接起電話，你就可以問對方："Who is this?"(請問你是誰？)this的複數形式為these。

會 話

A: **Is this a present?**

這是個禮物嗎？

B: **Yes, it's for my wife.**

是的，要給我太太的。

. . . .

A: **Why are you doing this?**

你為什麼要這麼做？

B: **It's none of your business.**

不關你的事。

that

那個(人、事、物)

- ➣ **Who told you that story?**

  誰告訴你那個故事的？

- ➣ **Look at that.**

  瞧瞧那個！

▶▶ 深入分析

和前面的this一樣，that也可以用代名詞表示「人」的身份，例如："That is my younger brother."表示「那位是我小弟」。複數形式為those。

A: **That is impossible.**

不可能的！

B: **You really think so?**

你真的這麼認為？

. . . .

A: **That is David's mother.**

那是大衛的媽媽。

B: **She looks so young.**

她看起來好年輕。

color

♪ Track 005

顏色

- **What is your favorite color?**

  你最喜歡什麼顏色？

- **The dress comes in blue, green, red, and other colors.**

  這件衣服有出藍色、綠色、紅色還有其他顏色。

▶▶ 深入分析

color泛指所有物品外表呈現的各種顏色，有時也特指不同於黑白（black/white）的「彩色」。

▶▶ 衍生單字

red(紅色)　green(綠色)　blue(藍色)　yellow(黃色)

purple(紫色)　brown(褐色)　pink(粉紅色)

會話

A: **What color is your car?**

　你的車子是什麼顏色？

B: **It's black.**

　是黑色。

. . . .

A: **What color do you want?**

　你想要什麼顏色？

B: **How about purple?**

　你覺得紫色好嗎？

dark

黑暗的、黑色的、深色的

- He has dark brown hair.

  他有一頭深褐色的頭髮。

- Some children are afraid of the dark.

  有些小孩怕黑。

▶▶ 深入分析

dark也可以表示「黑暗」，若是形容顏色，則表示顏色的「較深」，例如「深褐色頭髮」叫做"dark brown hair"。

▶▶ 衍生單字

dark horse（黑馬，表示「出人意外的參賽者」）

A: It's too dark to read in the room.

房間裡光線太暗，以致於無法看書。

B: Why don't you turn on the light?

你為什麼不打開電燈？

- -

A: Hey, you're shaking.

嘿，你在發抖耶！

B: I'm afraid of the dark.

我怕黑。

food

食物

● Many sweet foods are on sale in the store.

這家商店的許多種甜食在特價中。

● Have you ever eaten Mexican food?

你有吃過墨西哥食物嗎？

►► 深入分析
food除了是「食物」之外，也表示「精神上的糧食」。

►► 衍生單字
seafood(海鮮)　food chain(食物鏈)　food mixer(食品攪拌器)

A: Is there any food to eat?

有吃的嗎？

B: Let me make you a sandwich.

我幫你做一個三明治。

A: How much junk food have you eaten today?

你今天吃了多少垃圾食物？

B: None. I hate junk food.

沒有啊！我討厭垃圾食物。

breakfast

早餐

- I love to eat breakfast in bed on Saturdays.

  我喜歡週六清晨在床上吃早餐。

- I have to take the medicine after breakfast.

  我得在早餐之後吃藥。

▶▶ 深入分析

通常是指早上吃的第一餐，若因為早上太晚吃早餐，以致於將早餐(breakfast)和午餐(lunch)一起食用，則為"brunch"。

A: What do you want to have for breakfast?

你早餐要吃什麼？

B: I never eat breakfast.

我不吃早餐。

A: What did you have for breakfast?

你早上吃了什麼？

B: As usual, I had bread and milk.

我照例吃了麵包和牛奶。

lunch

午餐

- I take my lunch to work.

  我帶午餐到公司吃。

- She is out for lunch.

  她出去吃午餐了。

▶▶ 深入分析

也可以是指一天當中，在中午的用餐時段，例如"Lunch is from eleven to one."(午餐從十一點鐘供應到一點鐘。)

▶▶ 衍生單字

lunchtime（午餐時間）

A: What would you like for lunch?

你午餐想吃什麼？

B: I never eat lunch.

我從來不吃午餐。

A: Should we have lunch?

我們要吃午餐了嗎？

B: Sure. Let's go.

當然要！走吧！

dinner

正餐、晚餐

- We are having fish for dinner.

    我們晚飯會吃魚。

- You can come over and cook dinner for me.

    你可以過來幫我煮晚餐。

▶▶ 深入分析

dinner是指隨意一般的家常晚餐，若是supper則是指較為正式的晚餐。

A: Would you like to have dinner with me?

要和我一起吃晚餐嗎？

B: Sure, why not?

好啊，為什麼不？

. . . .

A: Am I bothering you?

我有打擾你們嗎？

B: No. We are just having dinner.

我們剛吃過晚餐！

body

身體、屍體

 例 句

⮕ You have to keep your body healthy.

你得要常保健康。

⮕ The police found the man's body in the next room.

警察在隔壁房間發現一個男人的屍體。

▶▶ 深入分析

body是人或動物的「身體」，通常泛指整個生理構造，但有時只是指頭與四肢以外的身體。此外，body有時也表示「屍體」的意思。

▶▶ 衍生單字

head(頭)　neck(脖子)　face(臉)　arm(手臂)

hand(手)　foot(腳)

會 話

A: Did he touch your body?

他有碰觸你的身體嗎？

B: Of course not.

當然沒有！

. . . .

A: How do you feel now?

你現在覺得如何？

B: I just don't know... I can't feel my body.

我不知道耶，我的身體沒有知覺了！

head

頭、腦袋

- She nodded her head in agreement.

  她點頭同意。

- He fell and hit his head on the table.

  他跌落地板後撞擊到頭部。

▶▶ 深入分析

除了指人或動物的頭部之外，head也表示「思考」的意思，例如口語化："Use your head."（用大腦好好想一想）。有時head也可以是指大約長度的測量標的，例如："a head taller than..."（比…高出約一個頭的高度）。

A: Are you OK?

你還好吧？

B: I keep hearing that song in my head.

我一直在腦海裡有聽到那首歌。

. . . .

A: How tall is Tracy?

崔西有多高？

B: She is almost a head taller than Betty.

她大約比貝蒂高出一個頭。

face

面向、面對

- You need to face your faults.

  你必須要面對你的過失。

- He turned and faced her.

  他轉過身來面對她。

▶▶ 深入分析

face是「面對…」的意思，也有「臉部」的意思。和face相關的名詞片語"poker face"，字面是「撲克臉」，其實就是「面無表情」的意思。

A: I don't want to admit my failure.

我不想承認我的失敗。

B: Come on! You've got to face it.

得了吧，你必須要面對它。

. . . .

A: Why did you say so?

你為什麼這麼說？

B: Because I didn't want to lose face.

因為我不想丟面子。

shoulder

肩膀、雙肩

- He put his arm around my shoulder.

  他把手圍在我的肩榜上。

- Too much work has been placed on my shoulders.

  加在我身上的工作太多了。

▶▶ 深入分析

shoulder除了表示身體上的肩膀之外，也可以隱喻為承擔責任的意思。

A: How is your shoulder?

你的肩膀還好吧？

B: It's getting worse.

越來越嚴重了！

. . . .

A: He was ready to shoulder the blame.

他願意承擔過。

B: But it's not his fault at all.

但是這完全不是他的過錯啊！

hand

手

- It's on her right hand.

  在她的右手邊。

- Could you give me a hand?

  你能幫我一個忙嗎？

▶▶ 深入分析

"give someone a hand"表示「提供某人協助」，此外，hand除了是「手」的意思，也有「遞交」的意思，例如："Hand in your paper."（交回你的報告。）

A: Where is it exactly?

正確位置究竟在哪裡？

B: It's on your right hand.

在你的右手邊。

. . . .

A: Please hand me the book.

請把書遞給我。

B: Here you are.

給你。

foot

腳、英尺

- A small house stood at the foot of the mountain.
  山腳下有棟小房子。

- I often go to school on foot.
  我經常走路去上學。

►► 深入分析
foot有兩種意思:「腳」和「英尺」,複數形式不是在字尾加s,
而是變化型feet [fit]。foot常見的片語為:"on foot",表示「步
行」,例如:"I'll be there on foot."(我會走路過去。)

A: How tall is the guy?
　那傢伙有多高?

B: He's seven feet.
　他有7英尺高。

· ·

A: How can I get there?
　我可以怎麼過去?

B: You can get there on foot.
　你可以走路過去。

sure

肯定的、確信的

- I think so, but I'm not sure.

  我是這樣想的，但是我沒有把握。

- He's sure of himself.

  他很有自信。

▶▶ 深入分析

sure表示「確認」、「無庸置疑」，除了形容人事物之外，也可以使用在回答的情境中。

A: Where is Carol?

卡羅人在哪裡？

B: I don't know for sure.

我不太清楚。

. . . .

A: Make sure you closed the door.

確定你關門了。

B: Yes, I did.

有的，我有（關）。

all

整個的、全部的

- I'm all wet.

  我全身濕透了。

- They were all excited.

  他們非常的激動。

►► 深入分析

all表示「全部」、「整體」，若聽到對方說"not at all"，表示「不全然」或「一點都不會」的意思。

A: What's your plan?

你的計畫是什麼？

B: I'll do this job all my life.

我會一輩子從事這個工作。

. . . .

A: Are you busy now?

你現在忙嗎？

B: No, not at all. What's up?

不，一點都不忙。有什麼事嗎？

any

任何的

- If you have any ideas, just let me know.

  如果你有任何的想法，請讓我知道。

- Do you have any other color?

  你還有沒有其他顏色？

►► 深入分析

any表示「任何的」，後面通常會加可數名詞複數或不可數名詞，例如："Do you have any kids?"(你有小孩嗎？)

A: Do you have any apples?

你們有賣蘋果嗎？

B: Yes. We have some new arrivals.

有的。我們有一些新貨剛到。

- -

A: Do you have any children?

你有小孩嗎？

B: Yes, I have two sons.

有啊，我有兩個兒子。

beautiful

美麗的

- **Mary has a beautiful skirt.**

  瑪麗有一條漂亮的裙子。

- **She's so beautiful.**

  她真是漂亮。

▶▶ 深入分析

可以是形容女性或事物的美好，若是形容年紀小的嬰孩，則男性女性都適用，也表示「可愛」的意思。

A: It's beautiful, isn't it?

真漂亮，是吧？

B: Yeah, it is.

是啊，是的。

- -

A: You look beautiful.

你看起來真漂亮。

B: You think so?

你真的這樣認為？

ugly

醜陋的

● **He has a really ugly dog.**
   他有一隻很醜的狗。

● **It's so ugly.**
   真是醜陋。

►► 深入分析

除了是人或物品形容外表的醜陋之外,也可以說明事件醜陋的一面。

A: **Oh, my God! That cat is so ugly.**
   喔,我的天啊!那隻貓真是醜斃了!

B: **You really think so?**
   你真的這麼認為?

. . . .

A: **What you did to her is so ugly.**
   你對她所做的事真是醜陋極了!

B: **It's none of your business.**
   少管閒事!

good

♪ Track 013

良好的、令人滿意的、愉快的、漂亮的

 例 句

⮞ She's a good dancer.

她是一位傑出的舞者。

⮞ Did you have a good time?

你玩得開心嗎？

►► 深入分析

good也具備相同的「良好的」說明，例如你可以說"What a good day."(天氣真是好！)

 會 話

A: How are you doing?

你好嗎？

B: Good. How about you?

很好。你呢？

. . . .

A: It's good to meet you.

真高興認識你。

B: Great to meet you, too.

我也很高興認識你。

fine

很好的、健康的、美好的、晴朗的

- ➡ **We have a fine house.**

  我們擁有一棟漂亮的房子。

- ➡ **I take exercise in the fine morning.**

  我在好天氣的早上做運動。

►► 深入分析

fine具有「好的」、「美好的」的意思，另外，像是身心靈的「健康」、天氣的「晴朗」都適用。例如對方問你"How are you?"，你就可以回答"Fine."

A: Hi. How are you?

　嗨！你好嗎？

B: Fine, thank you, and you?

　很好啊，謝謝，你呢？

. . . .

A: It's a fine day, isn't it?

　天氣很好，對吧？

B: Yeah, it is.

　是啊，的確是。

bad

壞的、嚴重的

- He is a bad boy.

    他是一個壞男孩。

- I have got a bad cold.

    我得了重感冒。

▶▶ 深入分析

表示情況很「壞的」、「嚴重的」都可以用bad表示，例如可以說"have a bad cold."（生了一場嚴重的感冒。）

A: How is the weather out there?

外面的天氣如何？

B: It's bad.

很糟！

A: How bad is it?

情況有多糟？

B: You don't wanna know.

你不會想知道。

better

較好的、較佳的

 例 句

- He sat near the front to get a better view.

  他做得較靠近前面以便有較佳的視野。

- She is much better at tennis than I am.

  她網球打得我好。

►► 深入分析

一般來說，形容詞的比較級是在字尾加上er即可，good則較特殊，比較級的用詞是better。反義詞bad的比較級為worse。

►► 衍生單字

cold - colder(較冷的)　warm - warmer(較溫暖的)

dark - darker(較暗的)　bright - brighter(較亮的)

old - older(較年長的)　young - younger(較年輕的)

 會 話

A: How are you feeling today?

　你今天覺得如何？

B: Much better now.

　現在好多了！

. . . .

A: What do you think of it?

　你有什麼想法？

B: This one is much better.

　這一個好多了！

worse

♪ Track 015

- ➥ The weather is getting worse.
  天氣越來越糟了。

- ➥ If it gets worse, you should see your doctor.
  再不好的話，你就應該去你的看醫生。

▶▶ 深入分析

若是比bad的狀況還要糟糕，則可以用worse形容。

A: How bad is it?
   情況有多糟？

B: It's getting worse.
   越來越糟。

....

A: How are you feeling now?
   你現在感覺如何？

B: Worse, I guess.
   我猜越來越糟了！

excellent

♪ Track 016

極佳的

- He's excellent in mathematics.

  他精通數學。

- She is well known as an excellent singer.

  她以身為一名優秀的歌手而聞名。

▶▶ 深入分析

excellent有點類似中文的「好極了」的意思，和wonderful或awosome的極佳等級是一樣的。

A: Is he good?

他很棒嗎？

B: He's excellent.

他很優秀。

A: What do you think of this hotel?

你覺得這家飯店如何？

B: Excellent.

太棒了！

big

大的、長大的

➡ **We visited many big cities in Japan last week.**

我們上星期訪問了日本的許多大城市。

➡ **She is my big sister.**

她是我大姊。

▶▶ 深入分析

big是形容事件或物品的大體積，也可以是指年紀上的「長大」，例如說"I'm a big girl/boy."表示「我已經是大女生／大男生了」。

A: **Do you have these shoes in a bigger size?**

這雙鞋子大一點的尺寸嗎？

B: **No. We only have small ones.**

沒有。我們只有小雙的。

- -

A: **The car is so big.**

這輛車真大呀！

B: **Yeah. But I like this one.**

是啊！但是我喜歡這一個！

small

小的

- He's small for his age.

  他看起來比實際年齡小。

- This is a small parking lot.

  這是一個小型停車場。

►► 深入分析

small可以形容人事物「小」或「少」的意思，若是形容餐點，則是「少量」的意思。

A: I'm so hungry.

我好餓。

B: I've just made a small meal this evening.

我今晚剛剛作了些餐點。

. . . .

A: Those jackets come in small, medium, and large size.

這些夾克有小、中和大尺寸。

B: Can I try a smaller one?

我能試穿較小件的嗎？

easy

容易的、簡單的

- **It is easy, right?**

  這很簡單,對吧?

- **This is an easy job.**

  這是一項簡單的工作。

▶▶ 深入分析

舉凡容易完成、達到、過程順利等,都叫做easy,例如你可以說:"This is not easy for you."表示「對你來說很不簡單、很難熬」的意思,也可以是安慰用語。

A: It's not easy for you.

難為你了。

B: It's not.

不會啊!

. . . .

A: It's an easy job.

這是一項簡單的工作。

B: You really think so?

你真這樣認為?

difficult

困難的、不簡單的

● **It is difficult.**

這是很困難的。

● **He is a difficult person to get along with.**

他是個不好相處的人。

▶▶ 深入分析

difficult是指事件「不簡單的」、「困難的」、「困境」。若形容人，則是「難相處」的意思。

A: **It's difficult for me to do so.**

要我那樣做是困難的。

B: **Come on, you can do it.**

不要這樣，你可以辦得到的。

. . . .

A: **How difficult it is.**

真是難！

B: **It's not easy for you.**

難為你了！

hard

硬的、困難的、艱難的

- The stone was hard.

  這岩石很堅硬。

- It's raining harder than ever.

  現在下的雨比任何時候都大。

▶▶ 深入分析

除了指物品的硬度很硬、事件的「困難」、「艱難」，也可以是「猛烈」、「努力」的程度，例如"study hard"(努力唸書)。

A: What do you think?

你覺得呢？

B: This question is too hard.

這個問題太難了。

- -

A: She's working hard.

她正在努力工作。

B: She really likes her job.

她真的很喜歡她的工作。

busy

忙碌的

- **What are you busy with?**

  你在忙什麼？

- **He's always busy with his work.**

  他總是忙於工作。

▶▶ 深入分析

若是「忙於某事」，則常用片語是"be busy with something"。

A: **Are you busy now?**

你現在忙嗎？

B: **No, not at all. What's up?**

不，一點都不會。什麼事？

A: **I'm very busy now.**

我現在很忙。

B: **Busy with what?**

在忙什麼？

free

自由的、空間的、免費的

- We felt free when we moved out.

  我們搬家後感到無拘無束。

- He has little free time.

  他很少有空閒的時間。

►► 深入分析

不管是心靈或行為上的自由，只要表示「不受限制」都是free。

►► 衍生單字

freedom（自由）

A: Are you free now?

現在有空嗎？

B: Yes. What's up?

有啊！什麼事？

. . . .

A: Are the drinks free?

這些飲料是不是免費的？

B: No, you have to pay for them.

不是，這些飲料必須付錢。

front

前面的

- There is a garden in front of the house.

  房子前面有個花園。

- Write your name on the front cover.

  請把你的名字寫在練習本的封面上。

►► 深入分析

舉凡是有形或無形的「前方」，都可以用front表示。

►► 衍生單字

front door（前門）

front line（戰線）

A: Where is the post office?

郵局在哪裡？

B: It's in front of the park.

在公園前面。

. . . .

A: Where is it?

在哪裡？

B: It's on the front cover.

在封面上。

back

背後、後面、向後、回原處

- Put it back when you've finished with it.

  當你完成時，要放回去。

- Someone patted me on the back.

  有人在我背上輕輕地拍了一下。

▶▶ 深入分析

back也有「回原點」的意味，例如"come back"(回來)、"call back"(回電)。

A: Don't look back.

不要向後看。

B: Why not? What's wrong?

為什麼不要？怎麼啦？

. . . .

A: When will you be back?

你什麼時候會回來？

B: As soon as possible.

會盡快！

down

向下、往下、倒下

 例 句

● They live just down the road.

他們就住在街的那一頭。

● I want to go down town with you.

我想和你一起到市區去。

►► 深入分析
舉凡「往下」、「倒下」的意思，都適用down，例如：come down、lie down等。

 會 話

A: Excuse me, where is the post office?

請問，郵局在哪裡？

B: Walk down the street and you'll see it on the right.

沿這條街往下走，你就會看到在右手邊。

. . . .

A: Look down there.

往下看那裡！

B: There's nothing down there.

下面沒東西啊！

here

♪ Track 021

這裡

🔊 **Come over here, please.**
請到這裡來。

🔊 **Here comes my bus.**
我的公車來了。

▸▸ 深入分析
here也有「朝著個方向來」的意思，例如："Here comes my
bus."（我等的公車準備進站了。）

A: **David? What brings you here?**
大衛？你怎麼會過來？

B: **I visit my uncle once in a while.**
我偶爾會來拜訪我的叔叔！

. . . .

A: **Come over here, baby.**
寶貝，過來。

B: **OK, mom.**
好的，媽咪。

there

那裡

➡ **I live there.**

我住在那裡。

➡ **The museum is closed today, so we'll go there tomorrow.**

博物館今天休館,所以我們明天才要過去。

▶▶ 深入分析

there表示「在那裡」,經常和"over there"搭配使用。若是表示「有」的意思,則必須與be動詞搭配使用,例如:"There is a book over there."(那裡有一本書)。

A: Where did you put it?

你把它放在哪裡?

B: It's over there.

在那邊。

- -

A: Are there any bigger ones?

有大一點的嗎?

B: Yes, we have some bigger ones.

有的,我們有大一點的。

full

充滿的、滿的、吃飽的

- They had a full meal.

  他們飽餐了一頓。

- He got a full mark.

  他得了滿分。

▶▶ 深入分析

full是指「滿的」，也可以是說明「吃飽的」，若是有形的「滿的」，則反義為empty(空的)，而「吃飽的」的反義則是hungry(餓的)。

A: Is David busy now?

大衛在忙嗎？

B: Yes. He's got a full schedule today.

是的！他今天的行程滿檔。

. . . .

A: Do you want some?

要吃一些嗎？

B: No, thanks. I'm full.

不，謝了。我已經飽了。

One, two, three 你一定要會的基礎單字　067

hungry

飢餓的、渴望的

● I'm hungry.

我餓了！

● I am a little hungry.

我覺得有點餓。

▶▶ 深入分析

hungry除了表示生理的飢餓狀態，也可以是心理狀態的「渴望」的意思。

A: I'm so hungry.

我好餓。

B: Let's get something to eat.

我們找點東西來吃吧！

A: Can I have something to eat?

有什麼可以吃的嗎？

B: Are you still hungry?

你還會餓？

empty

空曠的、空無一物的、空虛的

- It was past midnight, and the streets were empty.

  過了午夜，街上空空蕩蕩的。

- We need jobs, not empty promises.

  我們需要的是工作，而非空無一物的承諾。

▶▶ 深入分析

除了表示空間的空曠，也可以表示設備無人使用的意思。

A: What did you see up there?

你在上面看到什麼了？

B: Nothing but an empty house.

除了一間空蕩蕩的房子，其餘空無一物。

. . . .

A: Hello? Anybody here?

有人嗎？裡面有人嗎？

B: Come on, it's empty here.

好了！這裡空蕩蕩的！

cheap

便宜的、廉價的、不費力的

- The bag is very cheap.

  這個袋子很便宜。

- Talk is cheap.

  說空話是不費力的。

▶▶ 深入分析

cheap是指「便宜的」，也帶有「因為便宜而顯得廉價」的意思，此外，還有「不費吹灰之力」的意思。

A: It's too expensive. Do you have anything cheaper?

太貴了。你有便宜一點的東西嗎？

B: That's all we have.

我們只有這些。

. . . .

A: It's really cheap.

真便宜。

B: Sure. It's a real bargain.

當然！真的很划算。

each

每個的、各自的

 例句

☞ We said goodbye to each other.

我們互相道別。

☞ I gave one to each of them.

我給他們每人一塊。

▶▶ **深入分析**

each是「每個的(人事物)」、「各自的」,最常見的片語是
"each other",表示「互相」、「彼此」的意思。

 會話

A: How much is it?

賣多少錢?

B: One hundred each.

每一個一百(元)。

. . . .

A: What are their decisions?

他們的決定是什麼?

B: They each want to do something different.

他們各自都想做一些不同的事情。

every

每一的、每個的

- I don't believe every word he says.

  我不相信他說的每一句話。

- I visit David every two months.

  我每隔二個月都會去拜訪大衛。

▶▶ 深入分析

every表示「每一個人、事、物」，也有「每隔…的」、「充分的」意思，例如：`"I write my girlfriend every two months."`（我每兩個月就寫信給我的女友）。

A: Is the library open today?

圖書館今天有開館嗎？

B: It's open every day.

每天都有開館。

A: What shall I do?

我應該怎麼辦？

B: You have every reason to try it once more.

你有充分的理由再試一次。

both

兩個的

- **They're both friendly.**

  他們兩人都很友善。

- **David and I both like dancing.**

  我和大衛兩人都喜歡跳舞。

▶▶ 深入分析

both除了具有「一雙」的概念，也表示「兩者皆⋯」，例如："Would you like milk or sugar or both in your coffee?"(你的咖啡要加奶精還是糖，還是兩個都要？)

A: **Do you know them?**

你認識他們嗎？

B: **No, I don't know both his parents.**

不認識，他的雙親我都不認識。

· ·

A: **Are both of us invited, or just you?**

我們兩個都有受邀，還是只有你受邀？

B: **Just me, I guess.**

我猜只有我吧！

far

遠的、另一邊

- It's not far from here.

  從這裡過去路不遠。

- He was on the far side of the street.

  他在街道的另一邊。

►► 深入分析

除了距離的「遙遠」、「遙遠的另一邊」之外,也可以是「立場的兩端」或時間上久遠的意思。

A: Where is the post office?

郵局在哪裡?

B: It's far away from here.

離這裡很遠。

. . . .

A: One day, perhaps far in the future, you'll regret what you've done.

也許就在不久的將來,你會為自己所做的事感到後悔。

B: We'll see.

我們看著辦吧!

close

♪ Track 026

近的

- His house is close to the factory.

  他家靠近那間工廠。

- She is a close friend of theirs.

  她是他們的摯友。

▶▶ 深入分析

close除了距離上的「近的」，也有關係上「親近」的意思，例如："We're so close."（我們很親密。）

A: Where is Mary?

瑪莉在哪裡？

B: She was very close to us.

她離我們非常的近！

. . . .

A: Do you think we're close?

你認為我們親密嗎？

B: Sometimes. Why?

有的時候是啊！為什麼(這麼問)？

away

不在、離…之遠

- **My father is away from home.**
  我父親不在家。
- **The school is only two blocks away.**
  學校距離這裡只有兩個街道遠。

▶▶ 深入分析
away表示距離的「遠」，帶有「遠離」、「離開」的意味，例如："two blocks away"（兩個街道遠）。

A: Has David come back yet?
　 大衛回來了嗎？
B: No, he is still away.
　 沒有，他還是不在。

. . . .

A: Is the bank close to the school?
　 銀行離學校很近嗎？
B: No, it is not. It's far away from the school.
　 不，沒有。它離學校很遠。

fast

快的、迅速的、(鐘錶)偏快的

➡ **We like fast music.**

我們喜歡節奏快的音樂。

➡ **He ran faster and faster.**

他越跑越快。

▶▶ 深入分析

fast表示「快的」，表示和「速度」有關都可以用fast，而鐘錶的「偏快的」也適用，例如可以說：`"My watch is 5 minutes fast."`(我的錶快了五分鐘。)

會話

A: **Did you see the driver's face?**

你有看到駕駛的面貌嗎？

B: **No. It's a fast car.**

沒有！那輛車的速度很快。

- -

A: **What time is it?**

現在幾點鐘？

B: **It's ten o'clock. My watch is ten minutes fast.**

十點鐘。我的錶快了十分鐘。

late

遲的、深夜的、已故的

- The train was 10 minutes late.

  火車晚了十分鐘。

- Tom was late for school.

  湯姆上學遲到了。

▶▶ 深入分析

late表示「晚的」、「遲的」、「深夜的」，例如"be late for work"(上班遲到)，此外，late還有「已故的」的意思，例如："the late president"(已故的總統)。

A: When did you get home?

你們什麼時候到家的？

B: We got home very late.

我們很晚才到家。

. . . .

A: I'm sure he will be late.

我確定他會遲到。

B: Why?

為什麼？

early

早的、早熟的

- Is it still early?

  還很早嗎？

- I get up early every day.

  我每天早上都很早起床。

▶▶ 深入分析

early表示時間上的「早」，也可以表示「不久的」、「很快的」，例如可以說："an early reply"(盡早的回覆)。俗諺「早起的鳥兒有蟲吃」，英文就叫做："The early bird gets the worm."

A: Hurry up! We're late.

快一點，我們遲到了。

B: It's still early, isn't it?

還很早，不是嗎？

. . . .

A: I'd like to see Mr. Jones.

我要見瓊斯先生。

B: You're early.

你早到了。

happy

快樂的

- I'm happy that everything is working out for you.

  我很開心這些事對你發生作用了。

- People want movies to have happy endings.

  人們想要電影有快樂的結局。

▶▶ 深入分析

「高興的」的形容詞有許多種，最常見的是glad和happy，比較特殊的是，一些特定的節日慶祝的祝福用語，一定要用happy表示，例如："Happy birthday!"(生日快樂)、"Happy New Year."(新年快樂)。

A: I got a promotion.

  我升遷了。

B: I'm so happy for you. You deserve it.

  我真為你感到高興。你應得的。

. . . .

A: Thank you for everything.

  這一切都要感謝你。

B: I was happy to be of help.

  我很高興能幫得上忙。

glad

高興的、樂意的

- I'll be glad to do it for you.

  我很樂意為你做這件事。

- I'll be glad that you like it.

  我很高興你喜歡。

▶▶ 深入分析

若是指「樂意…」，則happy和glad都可以使用。例如："I'm glad to be on board."（我很高興能加入這個團隊。）常用句型是"be glad/happy that/to..."，例如："I'm glad that you came back."（真高興你回來了！）

A: I am going study in America.

　我就要去美國唸書了。

B: I'm glad to hear that.

　真高興知道這件事！

. . . .

A: I'm going to get married next month.

　我下個月就要結婚了。

B: I'm glad to hear that.

　真高興知道這件事。

exciting

令人興奮的、使人激動的

- It's so exciting.

  好玩，真是刺激啊！

- This is an exciting story.

  這是個很刺激的故事。

▶▶ 深入分析

exciting是指「令人興奮的事或物」，例如"It's an exciting game."(這是一場刺激的賽事)，若是形容人的「令人興奮的」，則應該是"be excited"，例如"I'm so excited."(我很興奮！)

A: He told us an exciting story.

他告訴了我們一個很刺激的故事。

B: What's it about?

有關什麼？

. . . .

A: Did you have fun?

玩得開心嗎？

B: Yes. It's an exciting game.

好玩，這是場刺激的賽事！

crazy

發瘋的、荒唐的、著迷的、狂熱的

- You're crazy to go out now.

  你真瘋啦，現在這樣出去。

- It sounds crazy.

  這件事聽起來很瘋狂。

▶▶ 深入分析

crazy除了表示情緒上的發狂、發瘋之外，也表示熱衷於某事的意思，例如："She's crazy about jazz."（她對爵士音樂著迷。）

A: It began to drive me crazy.

  事情開始讓我發瘋了。

B: What happened to you?

  你怎麼啦？

. . . .

A: I'm not crazy about it.

  我不熱衷。

B: Neither am I.

  我也不熱衷。

angry

生氣的

例句

● **She often gets angry about trivial things.**

她常因瑣碎小事而發火。

● **I hope you aren't angry with me.**

希望你沒有生我的氣。

►► 深入分析

「生氣」最常見的片語是"be/get angry"，若是生某人的氣，則最常用"be angry with someone"的句型。

會話

A: **Are you OK? You look so angry.**

你還好吧？你看起來好生氣。

B: **David stood me up last night.**

大衛昨天晚上放我鴿子。

. . . .

A: **Don't be so angry, pal.**

伙伴，不要這麼生氣！

B: **But he drove me crazy.**

但是他把我搞瘋了！

mad

生氣的

- I get so mad at her.

  我對她很生氣。

- Don't be so mad.

  不要這麼生氣。

▶▶ 深入分析

mad是帶有一點點因生氣而發狂，但又不像carzy一樣瘋狂。

會話

A: How could he do this to me?

他怎麼能這麼對我？

B: Come on, don't be so mad.

好了啦，不要這麼生氣。

⋯⋯⋯⋯⋯⋯⋯⋯⋯⋯⋯⋯⋯⋯⋯⋯⋯⋯⋯⋯⋯⋯⋯⋯

A: It began to drive me crazy.

事情開始讓我發瘋了。

B: Take it easy. Don't get mad.

放輕鬆，不要生氣！

sad

悲傷的、糟透了的

- Don't be sad.

  別難過了。

- It's so sad.

  真是糟透了！

▶▶ 深入分析

sad表示「悲傷的」，若情況是「糟透的」，則可以說"It's so sad."。

A: My wife had a car accident last night.

我太太昨晚發生車禍了。

B: Don't be so sad.

別這麼難過了。

. . . .

A: I felt sad.

我覺得傷心。

B: What's wrong? It's about John again?

怎麼啦？又是有關約翰的事嗎？

sorry

難過的、對不起、遺憾的

- I'm sorry to have kept you waiting so long.

  對不起，讓你久等了。

- I feel sorry for that elderly woman.

  我為那位老太太感到難過。

►► 深入分析

sorry有「難過的」的意思，也表示「遺憾」的意味，例如"I'm sorry, but he's out."(抱歉，但是他不在)。若要表示「道歉」的情境，則可以說"be sorry for something"(為某事感到抱歉)。

A: May I speak to John?

我可以和約翰講電話嗎？

B: I'm sorry, but he's on another line.

抱歉，但是他正在忙線中。

- -

A: Which way is the post office?

哪一條路可以到郵局？

B: The post office? Sorry, I'm not really sure.

郵局。抱歉，我不太確定。

cold

寒冷的

- ☞ **It's so cold outside.**

  外面很冷。

- ☞ **It's getting cold now.**

  天氣漸漸冷了！

►► **深入分析**

cold除了「感到寒冷的」，也可以是「感冒」的意思，常見的用法是"get/have a cold"，例如："Be careful not to catch a cold."(小心別感冒了！)

A: **How is the weather out there?**

外面的天氣如何？

B: **It's pretty cold.**

很冷喔！

. . . .

A: **You look terrible.**

你看起來糟透了！

B: **I have got a cold.**

我感冒了！

sick

生病的、厭惡的、噁心的

 例 句

➥ **I was told that you were sick.**

我聽說你生病了。

➥ **I'm sick.**

我生病了。

►► 深入分析

只要是不舒服的症狀，都適合以sick表示，此外，sick也有「對…感到厭煩」(be sick of something)的意思，例如："I'm sick of hearing it."(那件事我聽煩了！)

►► 衍生單字

carsick(暈車)　seasick(暈船)　airsick(暈機)

 會 話

A: **You know what? I'm sick of you.**

你知道嗎？我對你煩死了！

B: **How could you say that?**

你怎麼能這麼說？

. . . .

A: **Look at this, buddy.**

兄弟，看這個！

B: **Uh...I'm going to get sick.**

呃…好噁心！

strong

強壯的、堅強的、濃烈的

例句

➥ She is not very strong after her illness.

她病後身體不太好。

➥ He has a strong will.

他有堅強的意志。

►► 深入分析
strong表示身體與心靈的「強壯的」、「堅強的」，也表示飲料（茶、酒等）「濃烈的」，例如"strong tea"(濃茶)。

會話

A: I'd prefer some strong tea.

我要濃一點的茶。

B: Sure, here you are.

好的，請用。

. . . .

A: Is he strong?

他強壯嗎？

B: No, he's a small guy.

不，他是個小個子。

tall

高的、大的、誇大的

 例 句

☞ **Is the building tall?**

那棟建築物很高嗎？

☞ **How tall is it?**

有多高？

▶▶ 深入分析

tall除「高的」之外，還有「誇大的」的意思，此外，還有「…身高」的意思，例如可以說"He is six feet tall."(他有六呎高)。

 會 話

A: **Is he tall?**

他高嗎？

B: **Yes, he's seven feet tall.**

是啊，他有7呎高。

. . . .

A: **How tall is he?**

他有多高？

B: **Well, I'm not so sure.**

嗯，我不太清楚！

short

矮的、短的、短暫的、缺乏的

➡ He is a short man.

他是矮個子的人。

➡ I'm short of money this week.

這個星期我的錢不夠用。

▶▶ 深入分析

short除了表示「矮的」之外，還有「不足」的意思，例如"be short of something"，表示「某物不足」的意思。

A: How tall is he?

他有多高？

B: Pretty short.

非常矮。

. . . .

A: Is he a tall guy?

他是個高個子的傢伙嗎？

B: No. He's a short man.

不是。他是個矮個子的男性。

long

♪ Track 035

長的、長久的、長形的

例句

➥ **Long time no see.**
好久不見！

➥ **I'm planning to watch TV all day long.**
我打算一整天都要看電視！

▶▶ 深入分析
long可適用在距離、時間等的「長久」，和far帶有「遙遠」意思稍有不同。中文常說的「說來話長」，英文就叫做"It's a long story."。

會話

A: **What the hell are you doing here?**
你在這裡搞什麼？

B: **It's a long story.**
說來話長。

A: **Where is Eric?**
艾瑞克人在哪裡？

B: **He should be home before long.**
他應該很快就會回來了！

new

新的、新鮮的

- **Have you seen her new car?**

  你有看過她的新車嗎？

- **Today I saw many new students.**

  今天我見到了許多新生。

▶▶ 深入分析

new表示「新的」、「新鮮的」，反義則是old(舊的)，還可以這麼記憶：有很多的new，就是「新聞」(news)的意思。

A: **Your coat is worn out.**

你的外套好破舊。

B: **Yeah, I really need to get a new one.**

是啊，我真的需要再買一件新的。

. . . .

A: **Carol is always coming up with new ideas.**

卡蘿總是有新的想法。

B: **Of course, she is the best.**

當然，她是箇中高手。

old

年老的、舊的、古老的

- **How old are you?**

  你多大年紀了？

- **There is an old bridge near my home.**

  我家附近有一座古老的橋。

►► 深入分析

old是「年老的」，而elderly則指「年長的」，反義則是
young(年輕的)。此外，old還有「舊的」的意思。
若要說明是「…的歲數」，則要說"數字+years old"，例如"I'm
twenty years old."(我廿歲。)

A: **How old is your son?**

   你兒子多大年紀？

B: **He's five years old.**

   他五歲。

. . . .

A: **Did you see an old lady around here?**

   你有看見附近有一位老太太嗎？

B: **No, I didn't.**

   沒有，我沒有看見。

first

第一個的

● Peter was the first person to arrive.

彼得是第一個抵達的人。

● Is this your first time in the USA?

這是你第一次來美國嗎？

▶▶深入分析

適用在排名、金錢、時間、重要性…等的第一個。此外，若是應用在日期上，則為每月份的第一天的意思，例如："the first of December."（十二月一日）。

▶▶衍生單字

second（第二） third（第三） fourth（第四） fifth（第五） sixth（第六） seventh（第七） eighth（第八） ninth（第九） tenth（第十）

A: Would you like to go first?

你要當第一個嗎？

B: Sure. Thank you for your kindness.

好啊，謝謝你的好心。

A: Could you explain the first graph on page 6?

你可以解釋一下第六頁的第一張圖表嗎？

B: Me? Madam, I don't think so...

我？我辦不到耶，老師…

last

最後、死期、最近的東西

● David was the last to arrive.

大衛是最後一個到達的人。

● When did you last see him?

你上一次見到他是什麼時候？

▶▶ 深入分析

last除了是「前一個」之外，也是「最後」的意思，這種「直到最後」的邏輯概念，則也可以當成「持續」、「耐久」「拖過」、「夠…之用」的意思。

A: How long will it last?

　會維持多久？

B: About 2 weeks.

　大約兩個星期。

. . . .

A: Was Peter the last to go to bed?

　彼得是最後一個上床的嗎？

B: Yes. And he was the first to get up.

　對，而且他是最早起床。

next

其次的、緊接著的、然後、下一個

● **What is your next plan?**

你下一個計畫是什麼？

● **I'll tell you the answer when we next meet.**

我們下一次見面時，我會把答案告訴你。

▶▶ 深入分析

next是指「下一個」、「緊接著」，例如洽辦事務的接待人員可以說"Next!"，表示「下一個人過來」的意思。

A: If I miss this train, I'll catch the next one.

如果趕不上這班火車，我會改搭乘下一班。

B: OK. I'll let you go now.

好吧！你先走吧！

A: Who do you think will be the next president?

你覺得誰是下一屆總統？

B: Hillary Clinton?

是希拉蕊・柯林頓？

only

唯一的、僅有的、只是

- John is the only person who wants the job.

  約翰是唯一想得到那份工作的人。

- I saw him only yesterday.

  我昨天才見到他的。

► 深入分析

only表示「唯一的」、「僅有的」，例如可以說"I'm the only child in my family."(我是家中唯一的小孩。)

A: Only five minutes left.

只剩下五分鐘了。

B: I'm late.

我遲到了！

. . . .

A: Do you take credit cards?

你們收信用卡嗎？

B: Cash only.

我們只收現金。

rich

有錢的、含量豐富的、肥沃的

- He is a rich man.

  他是一個有錢人。

- This fish is rich in oil.

  這種魚含脂肪很多。

▶▶ 深入分析

rich不但表示金錢的上的「有錢的」,還包含「含量豐富的」、「肥沃的」的意思。若是"the rich"則表示「有錢人」的集合名詞,類似用法還有"the poor",表示「窮人」的意思。

A: Do you like it?

你喜歡嗎?

B: No, I don't like rich food.

不,我不喜歡油膩的食物。

- -

A: They're richer than anyone you'll ever meet.

他們將會是你見過比任何人還有錢的人。

B: No kidding.

不會吧!

poor

貧窮的、可憐的、不好的、缺少的

- He came from a poor immigrant family.

    他來自一個貧窮的移民家庭。

- He's such a poor person.

    他真是可憐的人。

▶▶ 深入分析

rich的反義是poor，表示財富上的不足，也就是「貧窮」，此外，還表示「可憐的」、「不好的」、「缺少的」，例如："My English is poor."(我的英語不好。)

A: What happened to the poor guy?

    那個可憐的傢伙發生什麼事了？

B: He lost both his sons in the war.

    他在戰爭中失去了僅有的兩個兒子。

. . . .

A: Poor baby, where is your mom?

    可憐的孩子，你媽咪在哪裡？

B: I don't know.

    我不知道。

ready

準備好的

- **Are you ready?**

  你準備好了嗎？

- **Dinner is ready.**

  晚餐準備好了！

▶▶ 深入分析

ready表示「準備好的」，而"ready for something"則指「對…有適合準備」。若要問對方「是否準備好了」，則可以簡單地說："Ready?"

A: **Shall we?**

可以走了嗎？

B: **I'm ready. Let's go.**

我準備好了。走吧！

. . . .

A: **I'm not ready for this.**

對這件事我還沒準備好。

B: **Come on, sweetie, face it.**

得了吧，甜心，面對它吧！

same

同一的、同樣的

例句

⬤ They began to laugh at the same time.
他們同時笑了起來。

⬤ All the newspapers say the same thing.
所有的報紙登載的都一樣。

▶▶ 深入分析
same是指「同一個」或「相同」，例如點餐的時候，你想要點和
同桌的人相同的餐點，就可以直接說"same here"，表示「我也
要點一樣的餐點」的意思。

會話

A: What do you think of it?
你覺得如何？

B: It's all the same to me.
對我來說都是一樣的。

. . . .

A: Merry Christmas.
耶誕快樂！

B: Same to you.
你也是。

different

不同的、有差異的

- Different students go to different schools.

    不同的學生上不同的學校。

- A goat is different from a sheep.

    山羊和綿羊是不同的。

▶▶ 深入分析

different表示「不同的」、「有差異的」，名詞是difference，若要說區別兩之間的差異，通常會說"the difference between A and B"，例如："Can you tell the difference between an ape and a monkey?"(你能區分猿和猴嗎？)

A: They're different, right?

   他們是不同的，對吧？

B: I can't tell the difference between them.

   我分不出來他們有什麼不同。

A: You're not like your sister.

   你不像你的姊妹。

B: Of course not. We have different personalities.

   當然不像。我們有不同的人格。

some

某個、若干、好幾個

例句

- There must be some reason for what he did.

  他所做的事想必是有原因的。

- Some of those stories are very good.

  那些故事中有些是非常棒的。

►► 深入分析

some表示「一些」、「好幾個」，除了形容人事物之外，也可以直接表示「有些人」、「有些事物」。

會話

A: Can't you hear that?

你沒聽到嗎？

B: Something wrong?

有問題嗎？

. . . .

A: I have some work to do tonight.

我今晚有工作要做。

B: Sure. Call me when you finish it.

好吧。做完後打電話給我吧！

many

許多的

- There are too many people here.

  這裡的人太多了！

- Now many people are learning computer.

  現在有許多人在學電腦。

►► 深入分析

many所代表的數量比some多，表示「許多」。many是形容可數名詞，例如："many people"(許多人)、"many books"(許多書)、"many dogs"(許多狗)。

A: Many things have to be done.

  有許多事情需要做。

B: It's not my responsibility.

  這不是我的責任。

- -

A: How many would you like?

  你要幾個？

B: Five, please.

  請給我五個。

much

♪ Track 042

大量的、很多的

- Peter's got too much work to do.

  彼得的工作太多了！

- Thank you so much.

  非常感謝你。

►► 深入分析

much多是形容不可數名詞，像是時間、金額、溫度等無形的名詞。也可以當副詞使用，形容動詞。

A: Do you want another helping?

還要再來一份嗎？

B: No, thanks. I don't eat very much.

謝謝，不用！我吃得不多。

A: Why don't you ask her out?

你何不約她出去？

B: She doesn't go out much.

她很少出門。

few

不多的、少數的

➾ **She has very few friends.**

她的朋友非常少。

➾ **So few came that we were not able to hold the meeting.**

由於來的人數太少，所以我們無法開成會。

▶▶ 深入分析

就數量的形容詞來說，few是比some或many少，表示「不多的」、「少數的」，形容可數名詞，同樣具有代名詞地位。

A: **Hurry up! There are only a few minutes left.**

快點！沒有幾分鐘了！

B: **Don't worry.**

別著急！

. . . .

A: **He has few good friends, right?**

他幾乎沒有好朋友，是嗎？

B: **I don't think so.**

我不這麼認為。

important

重要的、重大的

➡ It is important to learn how to communicate.

學會如何溝通是很重要的。

➡ He is an important official in the government.

他是政府的要員。

►► 深入分析

important表示「重要的」，也可以形容地位崇高之意。

A: Do you know how important it is?

你知道這有多重要嗎？

B: I don't think so.

我不這麼認為。

. . . .

A: Is it really important?

這真的很重要嗎？

B: Yeah, it is important to me.

是的，對我來說是重要的。

wrong

不對的、錯誤的、有問題的

- There's something wrong with my wife.

  我太太不太對勁。

- I'm sorry, I've got the wrong address.

  對不起，我把地址弄錯了。

►► 深入分析

「錯誤」除了用"be not right"之外，也可以用wrong表示，wrong也有「不適合」、「不舒服」的意思。

A: Does anyone know where the post office is?

有人知道郵局在哪裡嗎？

B: You took the wrong way.

你走錯路了！

A: What's wrong with you?

你怎麼啦？

B: I've a bad headache.

我的頭很痛。

right

正確的、右邊的

- **You are exactly right!**

  你說得太對了！

- **Turn right at the crossing.**

  在十字路口向右轉。

▶▶ 深入分析

right除了是「正確的、右邊的」，還有「不偏不倚」、「恰好」的意思，例如："They are right here."（他們就在這裡），此外，還可以表示「立即」，例如"I'll be right back."（我馬上就回來。）

A: **Is that right?**

對嗎？

B: **I don't think so.**

我不這麼認為！

. . . .

A: **Which road goes to the station?**

哪一條路通向車站？

B: **It's on your right side.**

在你的右手邊。

another

再一、另一、別的、不同的

- ➡ Will you have another cup of tea?

  你要再來一杯茶嗎？

- ➡ We have two tickets and need another one.

  我們有兩張票，還需要一張。

▶▶ 深入分析

another表示一群中的「另一個」，例如以A、B、C、D為例：A
是我的、另一個B是你的、剩下的C、D沒有人的，其中another
就表示「另一個」。

A: Would you like to have dinner with me?

　你要和我一起用晚餐嗎？

B: I'd love to, but I have another plan.

　我很希望去，但是我有其他計畫了。

. . . .

A: How can you do this to him?

　你怎麼能夠這樣對待他？

B: Do you have another solution?

　你還有其他解決的辦法嗎？

other

（兩者中）另一個的、其餘的、更多的

例句

- I'd love to go, but I have other plans.

  我很想去，但是我有其他計畫了！

- Is there any other kind?

  還有其他種類嗎？

▶▶ 深入分析

other有兩種說明，一種是表示僅是兩者中的「另一個的」，第二種是一群當中的「其餘的」，此時通常會用複數式the others表示。例如："One is mine, another is yours, and the others are his."(一個是我的、有一個是你的、其他都是他的。）

會話

A: Sorry, I have other plans.

抱歉，我有其他計畫。

B: That's OK. Maybe some other time.

沒關係。也許改天。

. . . .

A: There are other ways to do this exercise.

還可以用別的方法做這個練習。

B: You show me.

你做給我看啊！

familiar

熟悉的、隨便的、通曉⋯

- Her name is familiar to all of us.

  她的名字為我們大家所熟知。

- I'm not familiar with computer language.

  我不熟悉電腦語言。

▶▶ 深入分析

familiar除了「熟悉的」之外，也表示「通曉⋯」，常用片語為 "familiar with…"。若表示「為眾所皆知的」，則可以用popular 及well-known表示。

A: You look familiar.

你看起來好眼熟。

B: You, too. Are you Tony from Taiwan?

你也是。你是來自台灣的東尼嗎？

- -

A: Do you know how to solve this problem?

你知道要如何解決這個問題嗎？

B: Sure. I'm familiar with it.

當然知道！我很熟悉這件事。

famous

著名的、有名的

- France is famous for its fine food and wine.

  法國以精美的食物和葡萄酒而聞名。

- A famous movie star has come to live in our town.

  一位有名的電影明星到我們城裡來生活了。

▶▶ 深入分析

因為好名聲而「著名的」用famous，若是因壞名聲而出名，則可以用好壞名聲兩者皆適用的well-known表示。

A: Is he a singer?

　他是歌手嗎？

B: You don't know anything about him? He's a famous singer.

　你完全不知道他的事嗎？他是位有名的歌手。

. . . .

A: Why do you say Peter is famous?

　為什麼你說彼得很有名？

B: Because he is famous for his experiments.

　因為他以他的實驗聞名。

home

家

⮞ **On my way home I saw David.**

在我回家的路上,我看到了大衛。

⮞ **Make yourself at home.**

請不要拘束。

▶▶ 深入分析

一般說來,home是指自己原生家庭或是目前所住的地方,都統稱為home。

▶▶ 衍生單字

homesick(思鄉)　homeless(無家可歸的)　homemade(自製的)

A: It's pretty late now.

現在很晚了。

B: Yes, it is. Let's go home.

是啊,的確是!我們回家吧!

· ·

A: Is David around?

大衛在嗎?

B: He's not at home now.

他現在不在家。

bath

Track 047

洗澡、沐浴

 例 句

- Why don't you take a bath?

  你何不洗個澡？

- I wanna have a bath.

  我想洗個澡。

►► 深入分析

bath是指「洗澡」、「沐浴」，沒有指明洗澡的方式，常見的片語為"take a bath"(洗澡)。

►► 衍生單字

bathroom(浴廁)　bathrobe(浴衣)

 會 話

A: I often take a cold bath in the morning.

我經常在早上洗冷水澡。

B: Isn't it cold?

不會冷嗎？

A: Can I take a bath?

我可以洗澡嗎？

B: Go ahead.

去吧！

shower

淋浴、陣雨

- I took a shower and got dressed.

  我淋浴也穿好衣服了。

- There was a hard shower.

  下了一陣驟雨。

▶▶ 深入分析

除了「淋浴」和「陣雨」之外，也表示「淋浴間」。此外，
shower也可以表示「送禮會」，是為新娘或即將分娩的婦女等舉
行，例如："We held a bridal shower for Tracy."（我們為崔西舉
行了一個準新娘送禮會。）

A: Where is Peter?

彼得在哪裡？

B: He's in the shower.

他在淋浴間。

·······

A: I take a cold shower every day.

我每天用冷水淋浴。

B: Me, too.

我也是！

time

♪ Track 048

時間、鐘點、一段時間、次數

➣ What time is it now?

現在幾點鐘了？

➣ It took us a long time to get there.

我們花了很長的一段時間才到那裡。

▶▶ 深入分析

若是指「時間」，time是不可數名詞，不可以加上冠詞，因為你不能說「一斤時間」或「一塊時間」，若要表達「沒有時間」，就可說："have no time"。

若是指「次數」，則為可數名詞：one time、two times、three times等，若是指「很多次」，有種多到無法計算的意思，就叫做"time after time"，也就是「一次又一次」的意思。

A: Can you wrap it for me?

你可以幫我包裝好嗎？

B: I don't have so much time.

我沒那麼多時間。

. . . .

A: I understand you don't have time for me.

我瞭解你沒時間陪我。

B: My mistake.

都是我的錯！

now

現在、此刻

➥ **What time is it now?**

現在幾點了？

➥ **Can I talk to you now?**

我現在能和你說說話嗎？

▶▶ 深入分析

now表示「現在」、「此時」，片語常用"right now"表示，例如："I'll do it right now."（我現在馬上做）。此外，now也有這個時代的「當下」意味。

A: **Are you busy now?**

你現在忙嗎？

B: **Yeah, I'm busy with the projects.**

是啊，我正在忙計畫案。

· ·

A: **Go now or you'll be late.**

你得馬上走，不然就要遲到了。

B: **Hey, don't worry about me.**

嘿，不用擔心我！

moment

一會兒、瞬間

- It'll only take a moment.

  這件事只需要片刻的時間。

- We arrived at the same moment.

  我們倆同時到達。

▶▶ 深入分析

moment除了是「時刻」、「時機」，也有「瞬間」的意思，常見片語："at the moment"(目前、當下)、"wait a moment"(稍等)、"just a moment"(稍等)。

A: Can I talk to John?

我能和約翰說話嗎？

B: He's busy at the moment.

他現在正在忙。

. . . .

A: Wait a moment, please.

請稍候。

B: No problem.

沒問題。

sometimes

有時地、不時地

- Sometimes he comes by car.

  有的時候他坐汽車來。

- Sometimes we go shopping.

  有的時候我們去逛街購物。

►► 深入分析

sometimes是時間上、程度上的頻繁,表示「經常」的意思。注意不要說成sometime。

A: What do you usually do on Saturday?

你們星期六通常都在做什麼?

B: Sometimes we go to a movie.

有的時候我們去看電影。

A: Do you think I'm crazy?

你覺得我瘋了嗎?

B: Sometimes.

有的時候你是的!

sometime

某個時候

- We'll plan it for sometime before June.

  我們計畫在六月之前的某個時間。

- You should come over and visit sometime.

  你應該要找個時間過來拜訪。

▶▶ 深入分析

sometime可以指將來或過去的某段時間，通常是指還未確定的時段。

A: Call me sometime.

偶爾打電話給我。

B: I will.

我會的！

- -

A: Don't forget to write me sometime.

不要忘記有空要寫信給我！

B: Of course.

當然囉！

finally

最後地、最終地

- He finally found his key in the second drawer.

  最後他在第二個抽屜找到了他的鑰匙。

- The plane finally left at 10 o'clock.

  最後飛機在十點鐘起飛。

►► 深入分析

finally是時間副詞，表示「最後地」，也有「終於…」的意味。

A: What decision did you finally make?

你們最後做出了什麼決定？

B: We decided to quit.

我們決定要退出了。

- -

A: What's David's decision?

大衛的決定是什麼？

B: He finally changed his mind.

他終於改變他的想法了。

often

經常地、通常地

- She often has a headache.
  她經常頭疼。

- How often do the buses run?
  公車每隔多久發一班車？

►► 深入分析
often表示「經常地」、「通常地」，表示有反覆性的相同行為表現。

A: What did you do during your summer vacation?
你們暑假期間做了什麼事？

B: We often went hunting.
我們常常去打獵。

. . . .

A: How often do you go there?
你隔多久去那裡一次？

B: Once a month.
每個月一次。

usually

通常地、經常地

- He usually gets up early.

  他經常很早起床。

- It usually takes 25 minutes to get there.

  通常需要廿五分鐘才能到達那裡。

▶▶ 深入分析

usually表示「通常」、「經常」，頻繁程度和often很類似。

A: What do you usually do on weekends?

你們週末通常都在做什麼？

B: We usually go shopping.

我們通常去購物。

. . . .

A: Do you want some coffee?

你要來杯咖啡嗎？

B: Yes, please. I usually have a cup of coffee in the morning.

好的，麻煩你了！我早上通常會喝一杯咖啡。

always

總是

- **They always make fun of Peter.**

  他們總是嘲笑彼得。

- **He always watches TV at all times.**

  他無時無刻都在看電視。

▶▶ 深入分析

always表示頻率非常頻繁的意思，若在回答的情境表示「老樣子」，則可以說"Same as always."。

A: You can't always rely on his help.

你不能老是依賴他的幫助。

B: I know. But what shall I do now?

我知道！但是我現在該怎麼辦？

. . . .

A: How are you doing, Kenny?

肯尼，近來好嗎？

B: You know, same as always.

你知道的，老樣子！

never

決不、從來沒有

☞ I've never met such a strange man.

我從沒碰到過這麼奇怪的人。

☞ You never take kids to the park.

你從不帶孩子們去公園玩。

▶▶ 深入分析

never表示「從未」的意思，衍生的用法還有"never and ever"，表示「絕對不會再…」，可以適用在從前的或未來的「絕不」情境。

A: How was the party?

派對好玩嗎？

B: I'll never go there again.

我再也不會去那裡了。

· ·

A: Have you ever been to Japan?

你去過日本嗎？

B: Never.

從沒有！

today

♪ Track 053

今天、現在、當代

例句

- **Today is my birthday!**
  今天是我的生日！

- **Are you going shopping today?**
  你(們)今天要去逛街購物嗎？

▶▶ 深入分析

today除了表示名詞的「今天」之外，也可以有副詞的用法，表示「當代」、「目前」的解釋，用以和「過去」(past)做區別。

會話

A: How was school today?
   今天學校過得如何？

B: So-so.
   馬馬虎虎啦！

A: This is a good idea.
   這個主意不錯。

B: You mean we can go to a movie today?
   你是說我們今天可以去看電影囉？

One, two, three 你一定要會的基礎單字 129

tomorrow

♪ Track 054

明天、未來

● Tomorrow is Sunday.

明天是星期天。

● We are going to a party tomorrow.

明天我們要去參加一個派對。

▶▶ 深入分析

tomorrow表示「明天」，那麼「明天晚上」怎麼說？千萬不能用所有格表示"tomorrow's night"，其實很簡單，只要直接在tomorrow後面加上night成為："tomorrow night"就可以了。

▶▶ 衍生單字

the day after tomorrow（後天）

會話

A: Do you have any plans tomorrow night?

你明天晚上有事嗎？

B: No. What's up?

沒有，有什麼事？

- -

A: The day after tomorrow is my birthday.

後天是我的生日。

B: What present do you want?

你想要什麼禮物？

yesterday

昨天、最近

➥ We had no classes yesterday.

昨天我們沒課。

➥ He went out with Tracy yesterday.

他昨天和崔西出去的。

▶▶ 深入分析

「明天晚上」是"tomorrow night"，那麼「昨天晚上」可不是"yesterday night"。「昨天晚上」就叫做"last night"(前一夜)，"last"表示「前一個的」。

▶▶ 衍生單字

the day before yesterday(前天)

A: When did you see David?

你什麼時候遇見大衛的？

B: I saw him at yesterday's meeting.

我是在昨天的會議上見到他的。

. . . .

A: I got married yesterday.

我昨天結婚了。

B: You must be kidding.

你是在開玩笑的吧！

tonight

♪ Track 055

今晚

➡ **What's on TV tonight?**

今晚有什麼電視節目？

➡ **Tonight will be rainy.**

今晚會下雨。

▶▶ 深入分析

想知道「今天晚上」怎麼說呢？很簡單，這是一個簡單的記憶法，只要結合today（今天）和night（晚上）的字面精神，成為 "tonight"即可。

A: **How about having a sandwich tonight?**

今晚吃三明治如何？

B: **That's fine with me.**

我沒意見。

A: **It's chilly tonight, isn't it?**

今晚冷斃了，對嗎？

B: **Yeah, but I like it.**

是啊，但是我喜歡。

morning

早上、上午

- How are you this morning?

  今早好嗎？

- What did you do in the morning?

  早上你做了什麼事？

►► 深入分析

若是特指某一個固定日期的早上，則片語通常用"on+日期+morning"，例如可以說"on Sunday morning"，若沒有特指哪一天的早上時間，則通常使用"in the morning"，例如："I often go swimming in the morning."

A: Did David call you this morning?

大衛今天早上有打電話給你嗎？

B: No. Why?

沒有。為什麼這麼問？

A: I'm going to do my homework in the morning.

我要在早上做我的功課。

B: Don't you think it's too early?

你不覺得太早了嗎？

afternoon

♪ Track 056

下午、午後

- We have no classes this afternoon.

  我們今天下午不用上課。

- I wonder if you are free this afternoon.

  不知道你今天下午是否有空？

▶▶ 深入分析

特指中午過後到晚上的這段時間，都可以用afternoon表示。

▶▶ 衍生單字

tomorrow afternoon（明天下午）

A: I'll be free tomorrow afternoon.

  明天下午我有空。

B: That sounds great.

  聽起來不錯。

. . . .

A: How about this afternoon? I'll pick you up.

  今天下午好嗎？我會來接你。

B: This afternoon would be fine.

  今天下午可以。

evening

傍晚、晚間

➥ I'll do my homework in the evening.

我將在晚上做我的作業。

➥ Good evening.

晚安，你好！

▶▶ 深入分析

「晚上」有兩種說法，evening表示「傍晚」或「晚上」，若是天黑之後的見面打招呼就說"Good evening."表示「晚安，你好！」。

A: When will you do your homework?

你要什麼時候做你的功課？

B: I'll do my homework in the evening.

我會在晚上做我的功課。

. . . .

A: You'd better not go out in the evening.

你最好不要在晚上出門。

B: Why not?

為什麼不要？

night

夜晚、晚間

- He had a car accident last night.

  他昨晚發生車禍了！

- We stayed three nights at the same hotel.

  我們在同一家旅館裡住了三晚。

▶▶ 深入分析

特指天黑以後到午夜的這段時間，都可以用night表示。若是晚上道別或是臨睡前的「晚安」，則可以說"Good night."。

▶▶ 衍生單字

last night(昨晚)

A: Mom, can I go to Jack's home and stay the night?

　媽，我可以去傑克家過夜嗎？

B: We will see.

　再說吧！

- -

A: I was wondering why she called me last night.

　我在想昨晚她為什麼打電話給我。

B: Come on, just let her go, OK?

　不要這樣！忘了她吧，好嗎？

decision

♪ Track 057

決定

- Take it or leave it. It's your decision.

  要就接受，否則就放棄。由你來決定。

- He lacks decision and finally missed the chance.

  他缺乏果斷，最終錯過了這次機會。

►► 深入分析

decision是名詞表示「決定」，而「決定」的動詞則是"decide"。

「下決定」的常用片語是："make a decision"。

►► 衍生單字

decision maker(決策者)

A: I've made the wrong decision.

  我做了一個錯誤的決定。

B: You really think so?

  你真這麼認為？

. . . .

A: I want Joe to be my boyfriend.

  我要喬伊當我的男朋友。

B: Fine. It's your own decision.

  很好。這是你自己的決定。

idea

瞭解、想法、思想、觀念

➥ **What's your idea?**

你的想法是什麼？

➥ **I have no idea what is going on here.**

我不知道這裡發生了什麼事。

▶▶ **深入分析**

idea除了「知道」、「主意」、「想法」之外，也可以是「計畫」、「建議」或「概念」的意思。

A: **Maybe we should pick her up at her place.**

也許我們應該去她家接她。

B: **What a good idea! Let's go.**

好主意！走吧。

. . . .

A: **What's your idea?**

你的想法是什麼？

B: **We'll make a decision before long.**

我們很快就會下決定。

question

♪ Track 058

問題、質問、論點、疑點

⮞ Do you have any questions?

你有什麼問題嗎？

⮞ May I ask you a personal question?

我可以問你一個私人的問題嗎？

►► 深入分析

question通常是指提出的問題的意思，通常也表示懷疑、詢問，和發生問題的problem不太一樣。

►► 衍生單字

question mark（問號）

A: No more questions?

沒有任何問題了嗎？

B: I have one more question.

我還有一個問題。

- -

A: What's your question?

你的問題是什麼？

B: It's about my son Peter.

是有關我兒子彼得的事。

problem

問題、難題

● The workers are discussing a problem.

工人們正在討論一個難題。

● He'll solve the problem.

他將會解決這個問題。

▶▶ 深入分析

problem是表示「問題」,常用口語化回答"No, problem."(沒問題),另一個很類似的是question,若要問對方「你有沒有什麼問題要問」,通常會說:"Do you have any question?"若要問對方「有沒有什麼困難之處」則可以說:"What's your problem?"這句話也可以當成隱喻表示:「你腦袋有問題啊!」

A: Do you mind waiting a few minutes?

您介意稍等嗎?

B: No problem.

沒問題。

- -

A: What's your problem?

你的問題是什麼?

B: It's about my summer vacation.

是有關我的暑假。

trouble

困難、煩惱、麻煩

- I'm sorry for the trouble I'm giving you.

  給你添麻煩實在抱歉。

- It was no trouble at all.

  一點都不麻煩。

▶▶ 深入分析

trouble表示「麻煩」的意思，不管是自己惹禍上身，或是他人造成的困擾，都可以說是一種trouble。

▶▶ 衍生單字

trouble maker(麻煩製造者)

A: I'm in trouble. Can you help me?

我有麻煩了，你能幫我嗎？

B: Sure, what is it?

好啊，什麼事？

. . . .

A: You're asking for trouble.

你是在自找麻煩。

B: Sorry for that.

(我為那件事感到)抱歉啦！

answer

回答、接電話、應門

- Could you answer the riddle, please?

  請你解開這個謎好嗎?

- Isn't he answering your phone?

  他沒有接你的電話嗎?

►► 深入分析

answer是「回答」的意思,所以「接(電話)」、「應(門)」的情境都適合用answer。要注意的是,如果有人敲門,中文會說「是誰?」以確定身份,英文則要說"Who is it?"

A: Would you answer the phone, please?

能幫我接電話嗎?

B: I'm busy now.

我現在很忙。

. . . .

A: Just answer me.

回答我就好!

B: I'm afraid I can't.

我恐怕不能回答你。

fact

事實、真相

- In fact, I'm sure that's the only satisfactory way out.

  事實上，我認為那是唯一令人滿意的出路。

- In fact, she is my younger sister.

  事實上，她是我的妹妹。

▶▶ 深入分析

fact表示「事實」，不可數名詞，通常是指「事情的真相」，常見的片語：

in fact ,... (事實上，…)

as a matter of fact ,... (事實上，…)

A: Tell me the truth.

   告訴我實情。

B: The fact is that he's lost his job.

   事實是他丟了工作。

. . . .

A: You are no help at all.

   你一點忙都沒幫上。

B: As a matter of fact, I didn't do anything.

   事實上，我什麼事也沒做。

truth

事實

☞ **Tell me the truth.**
告訴我實情。

☞ **I don't know the truth about what happened.**
我不知道事情發生的真相。

▶▶ 深入分析
truth為可數名詞，通常表示「實情」、「事實」，例如要坦白
向對方告知實情時，可以說"To tell you the truth..."(老實告訴
你…)

A: **Are you kidding me?**
你在跟我開玩笑吧？

B: **It's the truth.**
是事實！

- -

A: **It's getting worse.**
情況越來越糟

B: **Are you telling the truth?**
你說的是事實嗎？

believe

♪ Track 061

相信、信仰、認為

- I can't believe it.

  真不敢相信！

- You'll never believe what I did.

  你不會相信我做了什麼事。

▶▶ 深入分析

believe除了指「認為…」、「相信某人」之外，也和信仰有關，和believe相關的名詞為belief(信仰)。若是「信賴」，則為trust。

A: How can you make me believe you?

你該怎麼讓我相信你呢？

B: Believe me. I'm telling the truth.

相信我。我說的是實話。

. . . .

A: We believe going for a run every morning to be good for health.

我們認為每天早上跑步對健康有益。

B: I agree with you.

我同意。

doubt

懷疑、疑慮

- **No doubt I'll be in the office tomorrow.**

  毫無疑問，我明天會在辦公室。

- **He even doubts the facts.**

  他甚至懷疑事實。

►► 深入分析

表示因為不知道，進而影響懷疑，或不知該該如何做的質疑時，都可以用doubt表示。

A: I doubt if that was what he wanted.

我懷疑那是不是他想要的。

B: Yes, it is.

的確是！

．．．．．．．．．．．．．．．．．．．．．．．．．．．

A: I don't doubt that he'll come.

我不懷疑他會來。

B: Why not?

為何不會？

confidence

信任、自信、秘密

➥ **I have complete confidence in you.**
我完全信任你。

➥ **They sat in a corner exchanging confidences.**
他們坐在角落說著悄悄話。

►► 深入分析

confidence表示對自己的能力「有自信」、「有把握」的意思，有時也可以表示信賴某人或向人吐露的秘密。

A: **What's the matter with him?**
他怎麼了？

B: **He lacks confidence in himself.**
他缺少自信。

- -

A: **Can we trust Peter?**
我們能相信彼得嗎？

B: **He has a sense of confidence about what he does.**
對於他所做的事，他很有信心。

confidence

信心

- **Consumer confidence in the economy is strong.**

  消費者對經濟充滿信心。

- **Her colleagues lost confidence in her.**

  她的同事對她沒信心了！

▶▶ 深入分析

對於自我或能力有自信、不懷疑的意思，也可以表示對某人或某事的信心。

▶▶ 衍生單字

self-confidence（自信）

A: **He lacks confidence in himself.**

他缺少自信。

B: **What happened to him?**

他怎麼了？

. . . .

A: **Thank you for everything.**

謝謝你為我所做的一切。

B: **I have complete confidence in you.**

我完全信任你。

chance

♪ Track 063

- Give me a call if you have a chance.

  有機會的話打電話給我。

- There is little chance of meeting him again.

  要和他再見面是不太可能的事了。

▶▶ 深入分析

「機會」有兩種說法：chance和opportunity。chance是指某件事之後的偶發性機會，而opportunity則指一種「可能性」的機會。

A: Don't you think it's a good chance?

你不覺得這是個好機會嗎？

B: Not to me.

對我來説不是。

. . . .

A: There's a chance that I'll see him.

我有一個可以和他見面的好機會。

B: Good for you. Just ask him to believe you.

對你來説是好事。只要要求他相信你。

opportunity

♪ Track 064

機會、良機

⮞ There may be an opportunity for you to see the chairman of the board tomorrow.

明天你也許有機會見到董事長。

⮞ Soon he had an opportunity to explain that to her.

不久他便有了向她解釋那件事的機會。

▶▶ 深入分析

多半是指某一情境或事件，是你想去做或必須去做，而且有此機會去做的可能性。

A: She was given the opportunity to manage a day-care center.

她被賦予去管理日間照護中心。

B: Good to hear that.

很高興知道這件事！

A: Tonight will be my first opportunity to meet her.

今天晚上是我第一次能見到她的機會。

B: And why did you dress like that?

那你為什麼這樣穿？

who

誰、什麼人

- Who did this in my kitchen?
  誰在我的廚房做的好事？

- Who is the girl?
  這女孩是誰？

▶▶ 深入分析

who經常使用在疑問句中，有詢問「是誰⋯」的意思，也表示前述特定人物的意思，例如："The girl who spoke is my best friend."（講話的那個女孩是我最要好的朋友。）

A: Who is your partner?
   你的伙伴是誰？

B: It's Jenny.
   是珍妮。

. . . .

A: Who wrote this letter to you?
   誰寫這封信給你？

B: David did.
   是大衛。

what

什麼、到什麼程度

- **What am I supposed to do?**

  我應該怎麼做？

- **What a mess over here.**

  這裡真是一團亂！

▶▶ 深入分析

what也有「在哪一方」、「到什麼程度」的意思，也可以說明「多麼…」的意思，例如：「"What a beautiful rose."（多麼漂亮的玫瑰花！），另外，what也有表示前述內容的意思，例如"I see what you mean."（我了解你的意思。）

A: **What color is your car?**

   你的車是什麼顏色？

B: **It's black.**

   是黑色的。

. . . .

A: **How can you say that?**

   你怎麼能這麼說？

B: **It's what I mean.**

   我就是這個意思。

when

什麼時候、何時、當⋯的時候

- When will they come?

  他們什麼時候會來？

- I really want to take a nap when I am in class.

  上課的時候我好想打個盹。

►► 深入分析

when是「何時」的疑問副詞，當作連接詞使用表示「當⋯時」的說明，例如：**"Don't get excited when you talk."**（說話時別激動。）

A: When do you want to come?

你想什麼時候來？

B: How about this Friday?

這個星期五可以嗎？

. . . .

A: Did you see John?

你有看見約翰嗎？

B: When I came back, he had left.

當我回來時，他已經離開了。

where

在哪裡、在⋯地方

➡ **Where are you going?**

你要去哪裡？

➡ **Where to?**

去哪裡？（計程車司機用語）

►► 深入分析

where是「在哪裡」，或是說明「在⋯地方」之意。此外，若是你在國外搭計程車，司機會問："Where to?"表示「你想要我載你去哪裡」的意思。

會話

A: **What did you say to her?**

你對她說了什麼話？

B: **I asked her where to put it.**

我問她要放在哪裡。

. . . .

A: **Where did you go last month?**

上個月你去了哪裡？

B: **I went back to the USA.**

我回去美國。

why

為什麼、理由、所以…的原因

- **Why do you think so?**

  你為什麼會這麼認為？

- **They asked him why he was so dirty.**

  他們問他怎麼弄得這麼髒。

▸▸ 深入分析

why主要是「詢問理由」、「說明原因」的用法，此外，若是否定式的詢問語句，則只要說"Why not?"（為什麼不？）就可以。此外，"Why not?"也具有「答應」、「許可」的意思。

A: Can I go to the concert with Peter?

　我可以和彼得去聽演唱會嗎？

B: Why not?

　好啊！

. . . .

A: Why do you guys keep laughing at me?

　你們為什麼老是嘲笑我？

B: Because you are so funny.

　因為你很有趣。

how

多少、多麼地、如何

- **How old are you?**

  你多大年紀？

- **How difficult the book is!**

  這是多難懂的一本書啊！

▶▶ 深入分析

how適用在「多少」(數字)、「如何」(方法)的疑問句中，也表示「多麼地…」的說明情境，例如："How horrible thing!"(真是可怕的事情啊！)

A: How much does it cost?

這個值多少錢？

B: Five hundred dollars.

五百元。

A: Do you know how it happened?

你知道是怎麼發生的嗎？

B: I have no idea.

我不知道！

will

將會…

- They say it will rain tomorrow.

  他們說明天會下雨。

- Will you be free tomorrow?

  你明天有空嗎?

►► 深入分析

will具有動詞、助動詞的詞性,可以是「願意…」、「能夠」、「大概」的意思,但若表示「將…」,則具有未來的時態。若當成名詞使用,則是「遺囑」的意思。

A: You will come, won't you?

你會過來,對吧?

B: Maybe. I don't know for sure.

可能會!我不確定。

. . . .

A: Will you call him again, please?

可以請你再打電話給他嗎?

B: OK, I will.

好的,我會的。

must

必須、必定是

- I must have dialed the wrong number.

  我一定打錯電話了。

- You mustn't tell anyone about this.

  這件事你不能告訴任何人。

►► 深入分析

must表示「必須」、「一定是」，類似用法還有"have to"的句型。

A: You must be Jane. I am Sophia.

你一定是珍妮，我是蘇菲亞。

B: It's nice to meet you.

很高興認識你。

....

A: I must leave now.

我現在要走了。

B: OK. Catch you later.

好啊！再見囉！

maybe

大概、也許

➥ **Maybe we should tell him everything.**

也許我們應該告訴他所有的事。

➥ **Maybe later. Thank you.**

也許等一下。謝謝。

▶▶ 深入分析

maybe表示一種可能性，意味著「大概」、「也許」的意味，是可以單獨當成一個句子表示的單字。

會話

A: **Will you come again?**

你會再來嗎？

B: **Maybe.**

也許吧！

. . . .

A: **What are you going to do tonight?**

你們今晚要做什麼？

B: **Maybe we'll go to a party at a friend's house.**

也許我們會去朋友家聚餐。

nobody

沒有人、誰也不…

- **There's nobody here.**

  這裡一個人也沒有。

- **Nobody could speak Japanese.**

  沒有人會說日語。

►► 深入分析

nobody是表示「沒有人」、「無人」的意思，還可以表示是「泛泛之輩、名不見經傳」的意思。

A: Help!

　救命啊！

B: Come on. Nobody can hear you.

　得了吧！沒有人會聽見的。

. . . .

A: Why don't you like him?

　為什麼你不喜歡他？

B: Jack? He's a nobody.

　傑克？他只是個泛泛之輩。

somebody

某人

- Let me ask somebody for you.

  我幫你問別人。

- Can I share the house with somebody?

  我能和其他人分租房子嗎？

▶▶ 深入分析

somebody可以表示某個人或某些人，也就是不特定的男女老少都可能的人物。

A: Somebody wants to see you.

  有人想見你。

B: Not now, please.

  拜託不要現在！

. . . .

A: Somebody, help!

  來人啊，救命啊！

B: What happened?

  發生什麼事了？

nothing

沒有東西、沒有什麼

- There is nothing good in the evening newspaper.

  晚報上沒什麼好消息。

- We could see nothing but fog.

  除了霧，我們什麼都看不見。

▶▶ 深入分析

nothing表示名詞及代名詞的「沒有東西」、「沒什麼」的意思，一般來說，英文的名詞與形容詞的架構是"形容詞+名詞"，但是nothing則例外，是屬於"nothing+形容詞"的用法，例如："nothing special"(沒什麼特別的事)、"nothing good"(沒什麼好事)、"nothing serious"(沒什麼嚴重的事)。

A: Something wrong?

有問題嗎？

B: Nothing.

沒事！

. . . .

A: What did you see?

你看見什麼？

B: I saw nothing at all.

我什麼都沒看見。

anything

♪ Track 070

任何事物、一些事物

 例 句

➡ **Is there anything in that room?**

那房間裡有什麼東西？

➡ **Anything else?**

還有什麼別的事嗎？

▶▶ 深入分析

anything指稱的是「事」、「物」，表示「任何事物」、「一些事物」，和nothing的形容詞用法架構一致，都是"anything+形容詞"。

 會 話

A: **Do you have anything to say?**

你有什麼話要說的嗎？

B: **Nothing at all.**

完全沒有！

. . . .

A: **Anything wrong?**

有問題嗎？

B: **Yeah, there's a thief in our house.**

是啊，我們的房子裡有一個小偷。

每一個人

- **Is everyone here?**
  大家都在這裡嗎？

- **Everyone wants to attend the concert.**
  每個人都想參加音樂會。

▶▶ 深入分析

everyone指稱的是「人」、「生物」，表示「每一個人」、「每一個生命體」」的意思，一般來說，搭配的動詞是屬於單數用法。

A: **How is your family?**
  你的家人好嗎？

B: **Everyone is fine.**
  大家都很好！

A: **I dislike Maria.**
  我不喜歡瑪莉亞。

B: **Why? Because everyone likes her?**
  為什麼？因為每個人都喜歡她？

everything

♪ Track 071

每件事、每樣東西

 例句

● Everything is ready now for the party.

派對的一切都已準備就緒。

● We have done everything possible to help her.

我們已盡了全力來幫助她。

►► 深入分析

everything指稱的是「事」、「物」，動詞也是單數用法。和形容詞的關係也是"everything+形容詞"的架構。

 會話

A: I'm really worried about this plan.

我真的很擔心這個計畫。

B: Come on, everything will be fine.

不要這樣，沒問題的。

. . . .

A: How is everything?

事情都還好嗎？

B: Everything's fine.

凡事都很好。

someone

有人、某人

- You'd better ask someone to help you.

  你最好請個人來幫你。

- Are you seeing someone now?

  你現在有交往的對象嗎？

▶▶ 深入分析

someone表示「某個人」的意思，具有名詞和代名詞的作用，"some"雖然具有「一些」的意思，但someone沒有特定指哪一個人或哪些人。和形容詞的關係也是"someone+形容詞"的架構。

A: Do I have any messages?

有我的留言嗎？

B: Yes. Someone left this for you.

有的。有人把這個留給你。

A: Someone told me you were gone.

有人告訴我你失蹤了。

B: But here I am.

但是我在這裡啊！

something

某事物

■ I was looking for something cheaper.

我正在找較便宜的東西。

■ Where can I get something to eat?

我可以到哪裡找些東西吃？

▶▶ 深入分析

同樣是結合記憶法的單字：some+thing=something，表示「某個事、物」的意思，具有名詞和代名詞的作用，同樣的，something沒有特定指哪一個事、物或哪些事、物。和形容詞的關係也是"something+形容詞"的架構。

A: Are you looking for something?

你在找什麼嗎？

B: Yes, I'd like to buy a tie.

是的，我要買領帶。

．．．．．．．．．．．．．．．．．．．．．．．．．．．．．

A: Something wrong?

有問題嗎？

B: Look! Can't you see it?

瞧！你沒看見嗎？

thing

事物、事情、情況

- Did you do the whole thing by yourself?

  你自己獨力完成這整件事嗎？

- Put your things away.

  把你的東西收拾整齊。

▶▶ 深入分析

thing有時候也泛指「情況」的意思，例如："Things are more complicated than you thought."（事情比你想像的還要複雜許多。）若是指「情況」，通常是用複數things形式表示。

A: Things will get better soon.

　　情況很快就會好轉。

B: Thank you for being with me.

　　謝謝你陪著我。

- -

A: Things became complicated.

　　事情變得複雜了！

B: Why? What makes you think so?

　　為什麼？你為什麼會這麼想？

middle

中間、中途

● He planted rose bushes in the middle of the garden.

他把玫瑰花種在花園的中間。

● I'm in middle school.

我正在讀中學。

►► 深入分析

middle可以表示位於中間的位置，例如：I'm the one in the middle.(我就是在中間的那個。)若是指時間，則表示處於某一段時期的意思。

A: Are you busy now?

你現在在忙嗎？

B: I'm in the middle of something.

我正在忙。

. . . .

A: Hi, honey, just wondering what you are doing.

嗨，親愛的，我在想你正在做什麼？

B: I'm in the middle of a tennis game.

我正在忙著玩網球遊戲。

exercise

♪ Track 074

鍛鍊、練習

⮞ **The doctor advised me to do exercise.**
　醫生建議我做運動。

⮞ **I'm doing exercises in English grammar.**
　我正在做英語文法的練習。

►► 深入分析
exercise既是身體上的「鍛鍊」、「運動」之意，也表示學習上的「練習」、「習題」之意，是屬於名詞和動詞拼法相同的單字。「做運動」的常用片語是"do/get exercise"。

A: **What did the doctor say?**
　醫生說什麼？

B: **He told me to do more exercise.**
　他告訴我要多做運動。

- -

A: **How often do you do exercise?**
　你有多常做運動？

B: **I go swimming every week.**
　我每週游泳。

experience

經驗、體驗、經歷

⮑ **You have the experience.**

你有經驗。

⮑ **He gained experience in teaching.**

他得到教學經驗。

▶▶ 深入分析

experience指「經驗」、「體驗」，通常是不可數名詞，例如："I have much experience teaching Chinese."(我對中文教學有豐富的經驗)。

A: He has much experience teaching English.

他對英語教學有豐富的經驗。

B: I'm not interested in someone else's experience.

我對其他人的經驗沒有興趣。

. . . .

A: Did you have any experiences on your trip?

你的旅途中有任何特別的經歷嗎？

B: Yes, I had a lot of interesting experiences.

有啊，我有很多有趣的經歷。

kind

種類、友好的、有點…

- Haven't you got any other kinds?

  你們沒有別種類型的嗎？

- I'm kind of busy now.

  我現在有一點忙。

►► 深入分析

kind除了是「種類」之外，也可以指「友善的」、「好心的」，
例如"You're so kind."（你真是好心！）

A: What's this?

這是什麼？

B: This is a kind of rose.

這是一種玫瑰花。

. . . .

A: Let me help you with this.

我來幫你。

B: It's very kind of you.

你真好！

do

做事

- I'll do my best to do my work well.

  我會盡力做好我的工作。

- What do you want me to tell him?

  要我轉達什麼給他嗎?

▶▶ 深入分析

do表示「做(事)」,若是助動詞形式,則使用規則如下:

I / we / they + do

David / he / she / it + does

而過去式did形態,則適用所有的主詞。

A: Aren't you going to do something different?

你不想點不同的辦法嗎?

B: What can I do?

我能做什麼?

. . . .

A: Did you do your homework?

你有做功課嗎?

B: Yes, I did.

有的,我有做。

can

能、會、可以

➡ She can speak French.

她會説法語。

➡ Can I call again in 10 minutes?

我可以十分鐘後再打電話過來嗎？

►► 深入分析

can也是具備動詞及助動詞形式，表示「能夠…」、「可以…」，此外，can當成名詞，則表示「罐頭」的意思，例如："a can of honey"(一罐蜂蜜)。

會 話

A: Can you do me a favor?

你可以幫我一個忙嗎？

B: Sure. What is it?

當然可以。什麼事？

A: Can you remind me that eating crab makes me feel like crap?

你可以提醒我，吃垃圾食物讓我感覺像是垃圾嗎？

B: Sure, no problem.

當然好，沒問題。

may

可以、也許、可能、祝

- Hello, may I speak to Chris?

  哈囉，我能和克里斯説話嗎？

- May I help you with something?

  需要我的幫忙嗎？

▶▶ 深入分析

may也可以當成祝福的用語，例如："May you succeed!"（祝你成功！）

A: May I help you?

要我幫忙嗎？

B: Yes. May I take a look at it?

是的。我可以看一下這個嗎？

....

A: May I come in?

我可以進來嗎？

B: Sure. Come on in.

當然，進來吧！

go

走、達到

例句

☞ **I must go.**

我必須走了。

☞ **Can I go swimming with John?**

我可以和約翰去游泳嗎?

▶▶ 深入分析

go表示「過去」的意思,卻沒有說明使用的交通工具。go的變化形使用規則如下:

I / we / they + go

David / he / she / it + goes

過去式型態went適用所有主詞。

會話

A: **Which road goes to the station?**

哪一條路通向車站?

B: **That way.**

那一個方向。

. . . .

A: **Where would you like to go?**

你要去哪裡?

B: **I'd like to go to the museum.**

我要去博物館。

come

來、來到

- **Where do you come from?**

  你是哪裡人？

- **The train came slowly Into the station.**

  火車緩緩駛進車站了。

►► 深入分析

come可以表示人、物、情況或交通工具「來到」的意思。過去式為came。

►► 衍生單字

comer（有成功希望者）

A: **Where are you from?**

你來自哪裡？

B: **I came here from Japan.**

我來自日本。

- -

A: **Here comes my bus. See you later!**

我的公車來了。再見囉！

B: **See you soon.**

再見！

want

想要、需要

- Somebody wants to see you.

  有人想見你。

- What you want is a holiday.

  你所想要的是休假。

▶▶ 深入分析

want除了可以是「希望」「需要」「想要」，也帶有「得到」的意思。

A: What do you want for your birthday?

你生日想要什麼禮物？

B: I want a bicycle.

我想要一部腳踏車。

A: Do you want another drink?

你要再來喝一杯嗎？

B: Sure, why not?

好啊，為什麼不要？

need

需要、必要

例 句

- The doctor told me that I needed a good rest.

  醫生告訴我必須好好休息。

- I don't need all this arguing.

  我無須辯解。

▶▶ 深入分析

只要是表示「需求」，不論是身體、精神上物品的需求，都是用 need表示，例如："Do we need anything from the store?"（我們 需要去商店買東西嗎？）

會 話

A: I figured you'd need one of these.

我猜你會需要一個這個。

B: Thanks. It's very kind of you.

多謝！你真好心。

. . . .

A: I feel terrible.

我覺得糟透了。

B: You need to get some sleep.

你需要睡一下。

get

獲得、擁有

➡ How did you get the money?

你是如何弄到這筆錢的？

➡ When did you get back?

你什麼時候回來的？

▶▶ 深入分析

get除了「得到」之外，也表示成為某狀態、到達某地、拿取某物的意思。過去式為got。

A: Could you get me a diet Coke?

請給我低卡可樂好嗎？

B: OK. I'll be right back.

好的！馬上來。

A: It's getting dark.

天漸漸黑了。

B: Come on, let's go home.

走吧，我們回家吧！

have

有、吃、喝、得到

- **Do you have a pencil?**
  你有鉛筆嗎？

- **You have my word.**
  我向你保證。

►► 深入分析

have除了「擁有」、「得到」之外，也可以代表「吃、喝」的意思，例如："I had a sandwich for breakfast."（我早餐吃了三明治。）過去式為had。

A: **You promise?**
你保證？

B: **You have my word.**
我向你保證。

A: **What do you want to have?**
你想要吃什麼？

B: **I'd like to have a sandwich.**
我想要吃三明治。

give

給予、舉辦

➡ Now I'll give you a brief explanation.

現在我給你作一簡要的解釋。

➡ The doctor told me to give up smoking.

醫生要我戒煙。

▶▶ 深入分析

give是表示有形及無形事物的「提供」、「供給」的意思。

A: Could you give me some examples?

你可以給我一些範例嗎？

B: Here you are.

給你。

A: I'd like to give him another chance.

我想再給他另一次機會。

B: I don't agree with you.

我不同意。

make

做、製造、使得

- ➡ **You make me feel down.**

    你讓我很失望。

- ➡ **I'd like to make an appointment.**

    我想預約看診。

▶▶ 深入分析

make除了有物品製造的意思，若應用在餐點上，則有「料理」的意思，例如："make some coffee"(煮咖啡)。過去式為made。

A: Will you make me some coffee, please?

　可以請你幫我煮咖啡嗎？

B: No problem.

　沒問題。

. . . .

A: Can you help me make an appointment with John?

　你能幫我安排和約翰的會議嗎？

B: Of course.

　當然好。

happen

碰巧、偶然發生

- **How did it happen?**

  怎麼發生的？

- **What happened to you two?**

  你們兩人怎麼啦？

▶▶ 深入分析

除了表示事件的「發生」之外，也可以有「碰巧…」的意思，例如：「It so happened that I saw him yesterday.」(我昨天碰巧看見他了。)

A: When did the explosion happen?

爆炸是什麼時候發生的？

B: Last night, I guess.

我猜是昨天晚上。

- -

A: If I were you, I'd hang around. See what happens.

如果我是你，我會在附近閒晃。看看會發生什麼事。

B: That's what you'd do?

你會這麼做嗎？

change

改變、更換

- If you want, you can change seats with me.

  如果你願意，你可以和我交換座位。

- We changed the date to September 17th.

  我們將日期改為九月十七日。

▶▶ 深入分析

change動、名詞都是表示「改變」、「兌換」，還包含「換穿衣物」等，當成名詞使用還有「零錢」的意思，例如："Keep the change."(零錢不用找了，你留著吧！)

A: Where is Maria?

　瑪麗亞人呢？

B: She went upstairs to change her clothes.

　她上樓去換衣服了。

A: Do you have any change?

　你有零錢嗎？

B: No. I have no small change.

　沒有。我沒有零錢。

take

拿、花費時間、搭乘交通工具

例句

- It may rain, so take your umbrella.

  可能會下雨,所以要帶著傘。

- I'll take them to the zoo.

  我要帶他們到動物園。

▶▶ 深入分析

take是指「帶著一起過去」,表示「取」、「拿」、「帶領」的動作,例如:"take the kids to the park"(帶孩子們去公園)。此外,「吃藥」也可以用take,例如"take the medicine"。過去式為took。

會話

A: I'll take them to the zoo.

我要帶他們到動物園。

B: Please, take me with you!

拜託,帶我一起去。

- - - - - - - - - - - - - - - - - - - -

A: Where did you go this afternoon?

你們今天下午去哪裡了?

B: I took Peter to the park.

我帶彼得去公園了。

bring

帶來、拿來

- Could you bring me a Cappuccino?

  你可以幫我帶一杯卡布其諾嗎？

- Bring your homework tomorrow.

  明天把你的家庭作業帶來。

▶▶ 深入分析

表示從他處「帶過來」就用bring表示，例如："Please bring me that book."(請把那本書拿給我。)過去式為brought。

A: May I help you?

需要幫忙嗎？

B: Just bring me a napkin.

只要幫我拿一條餐巾來。

. . . .

A: What shall I do now?

我現在該怎麼辦？

B: Bring a map in case you get lost.

記得要帶地圖，以免你迷路了。

hold

拿著、握住、舉行

- She held little Jenny in her arms.

  她抱著小珍妮。

- Hold on. I have to get a pen.

  等等,我去拿支筆。

▶▶ 深入分析

hold是指「拿著」、「握住」,例如:"hold the cup for me"(幫我拿著杯子),此外,也可以衍生為電話用語的「稍等」,例如:"Could you hold on a second?"(稍等不要掛斷電話好嗎?)過去式為held。

A: When did you have the meeting?

你們什麼時候開會的?

B: We held the meeting on Tuesday.

我們星期二舉行了會議。

. . . .

A: I'd like to talk to George.

我要和喬治講電話。

B: Hold on a second, please.

請稍等!

carry

搬、運送

- Can you carry the heavy box?

  你搬得動這個重箱子嗎？

- I carried a basket in my hand.

  我手拎著籃子。

►► 深入分析

carry是指「搬」，和bring的概念類似，都是由一處移至另一處的意思，但強調的是「搬運」的動作。過去式carried。

A: Who is going to carry this box?

　誰要拿這個盒子？

B: It's me.

　是我。

. . . .

A: Can you carry this for me?

　可以幫我搬這個嗎？

B: No problem.

　沒問題！

catch

抓住、接住、捕獲

- ➤ **Catch it.**

  接好！

- ➤ **She tossed him the car keys and yelled, "Catch!"**

  她朝他丟鑰匙然後大喊「接住」。

▶▶ 深入分析

catch較常為人知的是「接住」、「捕獲」，此外，也可以指「趕搭交通工具」、「患⋯病」、「趕上」等，例如："catch the bus"(趕搭公車)、"catch a cold"(患上感冒)。過去式為 caught。

A: **I'm going to catch the train.**

我要去趕搭火車。

B: **OK, hurry up.**

好，要快一點。

- -

A: **You'll catch a cold if you don't put a coat on.**

如果你不穿上外套會感冒的。

B: **All right, mom.**

好的，媽咪。

know

知道、認識、辨別

- I know him to be an honest man.

  我知道他是一位誠實的人。

- I knew it is true.

  我就知道那是事實。

▶▶ 深入分析

表示「知道」、「瞭解」某事,或是「認識某人」的意思。過去式為knew。

A: You know Charles, right?

你認識查爾斯,對吧?

B: No, but...

不認識,但是…

. . . .

A: How long have you known David?

你認識大衛有多久了?

B: I've known him for years.

我認識他好幾年了。

say

說、講、據說

例句

☞ **So I said to myself, I wonder what she means.**

因此我想，我不知道她是什麼意思。

☞ **He is said to be rich.**

據說他很有錢。

►► 深入分析

say和speak都是「說話」的意思，兩者的差別用法多是慣用語法，例如："How much did you say?"(你說要賣多少錢？)以及"Can I speak to David?"(我要找大衛聽電話。)以上的say和speak雖然都表示「說話」，卻不能交互使用。

會話

A: **How much did you say?**

你說(賣)多少錢？

B: **It's five thousand dollars.**

五千元。

A: **Say, I was wondering, would you like to come over?**

這麼說吧，我在想，你願意過來嗎？

B: **Sorry, I'm afraid not.**

抱歉，恐怕不行。

speak

♪ Track 085

- **Is there anyone here who speaks Chinese?**

  這裡有人會講中文嗎？

- **Speak of the devil!**

  說曹操，曹操到！

►► 深入分析

speak除了表示「說話」之外，還表示使用某種語言的「說」，例如："Can you speak Chinese?"(你會說中文嗎？)

A: **May I speak to Kenny?**

　我可以和肯尼說話嗎？

B: **Wait a moment, please.**

　請稍等。

. . . .

A: **Speaking of David, where is he?**

　說到大衛，他在哪裡？

B: **I haven't seen him for a long time.**

　我好久沒見到他了。

talk

♪ Track 086

 例 句

☞ Tell me the truth. Did you talk to him?

告訴我實話，你有和他說話嗎？

☞ Can I talk to you?

我能和你談一談嗎？

▶▶ 深入分析

同樣是「說話」的動作，talk表示「聊天」的意味比較高。此外，若希望對方能夠「說實話」，就要用"tell the truth"，而不能說"speak the truth"。

 會 話

A: I'd like to talk to you about something.

我有點事要和你談。

B: What is it?

什麼事？

- -

A: We've got to talk.

我們需要談一談。

B: Not now, please.

拜託不要現在。

tell

告訴、區分

● You tell me.

你告訴我。

● Let me tell you something about marriage.

讓我告訴你什麼是婚姻。

▶▶ 深入分析

tell表示具有傳達的「告知」意味，也表示「區分」的意思，例如："Can you tell the difference between them?"（你能分辨得出來他們的差別嗎？）

A: I told you not to go there, right?

我有告訴過你不要過去那裡，對吧？

B: I'm sorry, Sir.

抱歉，長官。

. . . .

A: Tell me the secret between you and Mark.

告訴我你和馬克之間的秘密。

B: I am not telling.

我不會回答你的問題。

see

看、注意、理解、拜訪

- Did you see where I had put my glasses?

  你有看到我把眼鏡放在哪裡了嗎？

- I see.

  我了解了。

►► 深入分析

see是「看見」、「拜訪」的意思，也有「注意」、「理解」的意味，所以在"I can't see why she's done that."中，"I can't see..."是指「我不瞭解…」而不是「我看不見…」。過去式為saw。

A: I haven't seen you for so long.

　好久不見！

B: What have you been up to?

　你都去哪裡啦？

A: I can't see why you don't like him.

　我不明白你為什麼不喜歡他。

B: Because he's a jerk.

　因為他是個混蛋。

watch

觀看、注視、看守

例句

- **Can I watch TV now?**

  我現在可以看電視了嗎？

- **She looked at her watch and said, "It's a quarter to five."**

  她看著錶然後說：「是四點半。」

►► 深入分析

watch是表示「觀看」、「注視」，例如「看電視」是"watch TV"，因為這種專注力的「觀看」，所以也有另一種意思，表示「看守」的意思，因此片語"watch out"可不是向外看，而是「小心」、「留意」的意思。

會話

A: **Do you often watch TV?**

你經常看電視嗎？

B: **Yes, I do.**

是的，我經常看。

. . . .

A: **Watch out.**

小心！

B: **What? What's wrong?**

什麼？怎麼啦？

look

觀看、顯得

例句

⇨ **You look tired.**

你看起來很累！

⇨ **She looked at her brother.**

她看著她的哥哥。

▶▶ 深入分析

look也帶有「你的外形看起來…」的意思，例如："You look sad."(你看起來很傷心)，而若要叫人過來「看一看某種狀況」，則可以說："Look!"(你看！)

會話

A: **What are you looking for?**

你在找什麼？

B: **My textbook. I can't find it.**

我的課本。我找不到。

· ·

A: **It's freezing today, isn't it?**

今天真冷啊，對吧！

B: **Yeah, you look warm all bundled up like that.**

是啊！你裹得那樣看起來很暖和。

hear

聽見、聽說、得知

- I'm glad to hear that.

  真高興聽你這麼說！

- Do you hear me?

  聽懂我的意思了嗎？

▶▶ 深入分析

hear通常表示無意間「聽見」、「得知」或「瞭解」，而listen
則是「聆聽」的意思。過去式為heard。

A: I've heard a lot about you.

久仰大名！

B: Nothing bad, I hope.

希望不是壞事。

. . . .

A: What did you hear?

你聽到什麼？

B: Someone was crying.

有人在哭。

listen

仔細聽、傾聽

● I listen to the radio every day.

我每天都聽收音機。

● I didn't listen to what he was saying.

我沒注意聽他在講什麼。

▶▶ 深入分析

listen是「仔細聽」的意思，常用片語是"listen to"，所以「聽收音機/音樂」就叫做"listen to the radio/music"。

A: Listen. Do you hear that?

聽。你有聽見嗎？

B: What's wrong?

怎麼啦？

· ·

A: Listen, I've been thinking...

聽著，我想了好久…

B: Yeah?

什麼事？

think

♪ Track 089

思考、認為

- **Think hard before you answer the question.**

  回答問題前先仔細想一想。

- **Well, you should think it over.**

  嗯！你應該好好想想這件事。

▶▶ 深入分析

表示「思考」、「認為」的常用片語為"think about"，例如："I'll think about it."（我會考慮看看。）過去式為thought。

A: **What do you think about it?**

你覺得呢？

B: **Well, it's a good chance.**

嗯，是個好機會。

A: **Would you like to go to see a movie with me?**

你要和我去看電影嗎？

B: **Um, I really don't think I can.**

嗯，我想我無法去耶！

cause

引起、使發生

- The cause of the fire was carelessness.

  起火的原因是因為疏忽。

- What caused him to quit his job?

  是什麼原因使他辭職的?

►► 深入分析

cause表示引起某事件的發生或造成的原因,也可以當成動詞使用。

A: You've caused trouble for all of us.

你給我們大家都添了麻煩。

B: I'm really sorry.

我真的很抱歉。

. . . .

A: I didn't know what had caused him to change his mind.

我不知道是什麼原因促使他改變主意。

B: Maybe it's because of his mother.

也許是因為他的媽媽的緣故。

send

送、寄出

➡ He was sent by his mother to buy some milk.

他母親叫他去買牛奶。

➡ Some people were sent to help them.

有一些人被派出去幫助他們。

▶▶ 深入分析

send是指「寄出」、「送出」、「派遣」的意思，也具有「傳遞」、「迫使」的意思。過去式為sent。

A: If you need money, I'll send it to you.

如果你需要錢，我會送過去給你。

B: It's very kind of you.

你真好心！

. . . .

A: Why did you send me flowers?

你為什麼要送花給我？

B: I wanted you to know that somebody loves you.

我想要你知道，有人愛著你。

deliver

遞送、交付

- The newspapers will be delivered in five hours.

  這些報紙將於五小時內送達。

- The postman's job is to deliver letters and parcels.

  郵差的工作是投遞信件和包裹。

▶▶ 深入分析

只要是「送貨」、「遞交」，都可以使用deliver，此外，也可以有「發言」的意思。

A: Would you deliver this box to Jim?

可以把這個箱子送給吉姆嗎？

B: As you wish.

悉聽尊便。

A: I'll deliver a speech at the meeting tomorrow morning.

明天上午我要在會議上發表演說。

B: What are you going to say?

你要說什麼？

depend

依靠、相信、依賴

- Whether the game will be played depends on the weather.

  球賽是否要舉行，要視天氣而定。

- It depends.

  看情況再說！

▶▶ 深入分析

depend表示「依賴」的意思，常見的片語為"depend on"，表示
「視…而定」，例如："It depends on your decision."（視你的決
定而定。）

A: When do you leave for Japan?

  你什麼時候要去日本？

B: It depends on the weather.

  視天氣而定。

- -

A: What are you going to do?

  你打算怎麼作？

B: I have no idea. It depends on the situation.

  我不知道。要視情況而定。

work

工作、勞動、運轉

- Let's get down to work.

  開始工作吧！

- It was a lot of hard work.

  這工作很不簡單。

►► 深入分析

work在句中的字面意思有時未必和單字本身一致，例如："It doesn't work."就不是單純「它沒有工作」，而是表示「沒有發揮成效」、「沒有用」的意思。

A: Don't work too hard.

　　不要工作得太辛苦。

B: I won't.

　　我不會的。

- -

A: I'm taking some work home from the office.

　　我要從辦公室帶點工作回家做。

B: There is too much work.

　　太多工作了。

desire

要求、期望

例句

➥ **Everybody in the world desires peace and happiness.**

全世界所有的人都渴望和平和幸福。

➥ **It's impossible to satisfy all their desires.**

使所有人的欲望都得到滿足是不可能的。

▶▶ 深入分析

desire是指「慾望」的意思，可以是物質或精神層面的慾望。

會話

A: I desire to go home to have a look.

我很想回家去看一看。

B: Yeah, you really should go home this summer.

是啊，你這個夏天真的應該要回家。

. . . .

A: I desire to see you at once.

我想立刻和你見面。

B: But I don't want to see you now.

但是我現在不想見到你。

read

讀、朗讀

- They are learning to read.

  他們在學朗讀。

- We read English aloud every morning.

  我們每天早上都大聲地朗讀英語。

▶▶ 深入分析

read是指「讀」、「朗讀」，但「看報紙/雜誌」就不能用watch
或see，而是"read the newspaper/magazine"。

A: What are you doing now?

你現在在做什麼？

B: I'm reading the newspaper.

我正在讀報紙。

. . . .

A: She read my thoughts.

她看出了我的心思。

B: But you just met her last week.

但是你上週才認識她的。

write

♪ Track 093

書寫、寫信、填寫

● Don't forget to write to your mother.

別忘了給你媽媽寫信。

● Please write your name on the dotted line.

請在虛線處填寫你的名字。

▶▶ 深入分析

「開罰單」也適用write，例如："write you a ticket"（開你一張罰單）。此外，寫作的人是「作家」，英文就叫做"writer"。過去式為wrote。

A: Please write down what you hear.

請寫下你聽到的內容。

B: No problem, Sir.

沒問題的，先生。

- -

A: How often do you write your parents?

你多久寫信給你的父母？

B: I write to them once a month.

我每個月寫一次信給他們。

study

學習、研究、細看

- I am going study in America.

  我就要去美國唸書了。

- I have to study English.

  我要讀英語。

►► 深入分析

study是「學習」、「研究」這種較為深入的學習方式，所以「要努力唸書」，就叫做"study hard"。

A: Why should I have to study so hard?

  為什麼我必須念書念得這麼辛苦？

B: You shall pay for it.

  你要付出代價。

. . . .

A: What do you study?

  你在學什麼？

B: I study Chinese with him.

  我和他一起學中文。

teach

教授

➡ **David teaches my son history.**

大衛教我兒子歷史。

➡ **He taught the boys how to play football.**

他教這些男孩們學習踢足球。

►► 深入分析

teach是指「教」、「教書」的意思，而教書的人就是「老師」，
英文就叫做"teacher"。過去式為taught。

A: **How did you learn it?**

你怎麼學會的？

B: **My father taught me.**

我父親教我的。

. . . .

A: **Would you teach me English?**

你可以教我英文嗎？

B: **No problem.**

沒問題！

learn

學習、學會、認識到

 例句

☞ **Peter is learning English now.**
彼得正在學英語。

☞ **I hope you'll learn from your mistakes.**
希望你能從錯誤中學習教訓。

▶▶ 深入分析

除了知識、技能的學習之外，learn也表示「意識到…某狀態」的意思，此外，還有「得知…」、「獲悉…」，例如：I learned from his letter that he was in Japan.（我從他的信中得知他正在日本。）

 會話

A: **When did you learn it?**
你什麼時候學會的？

B: **I learned to drive when I was 16.**
我十六歲的時候就學會了！

- -

A: **Can you show me how to do it?**
你可以示範給我看怎麼做嗎？

B: **First you must learn how to use this computer.**
首先你得要先學會使用電腦。

worry

 ♪ Track 095

煩惱、憂慮

● **There is nothing to worry about.**
沒什麼要擔心的。

● **Don't worry about it.**
不要擔心。

►► 深入分析
常用片語為"worry about"，例如："You worry about something."
（你有心事！）

A: **Don't worry about him. He's OK.**
不要擔心他。他沒問題的。

B: **You think so?**
你是這麼認為的嗎？

. . . .

A: **I'm really worried about you.**
我真的很擔心你。

B: **It's nothing serious.**
沒什麼大不了的。

accept

接受、認可

● **Do you accept plastic?**

你們收不收信用卡？

● **We must accept the fact.**

我們必須承認這個事實。

▶▶ 深入分析

表示有形或無形的接受或認可，都可以使用accept。

A: I asked her to marry me.

我向她求婚了！

B: But she doesn't want to accept it.

但是她並不想要接受。

. . . .

A: You should accept his offer.

你應該接受他的提議。

B: What makes you think so?

你為什麼會這樣認為？

act

表演、演出、行為

- She acted responsibly.

  她的行為很得體。

- This is an illegal act.

  這是一種非法行為。

▶▶ 深入分析

舉凡電視舞台公開場合的「表演」、「演出」都是act，也有「行為表現」之意。

▶▶ 衍生單字

actor(男演員)　actress(女演員)

A: He acts the part of Romeo.

他扮演羅密歐這個角色。

B: I think he acted his part well.

我覺得他把角色演得不錯。

. . . .

A: He acted as if he'd never seen me before.

他表現得好像從未見過我。

B: How come?

為什麼？

add

加、增加上、補充說明

- His illness added to our difficulties.

  他的病增加了我們的困難。

- "I felt sorry for her," added Bob.

  「我為她感到惋惜」鮑伯又說道。

▶▶ 深入分析

add是指「加」的意思，舉凡「增加」、「加上」或是「補充說明」都適用。

A: What is the total?

總共是多少？

B: It's twenty. Because five and fifteen add up to twenty.

是二十。因為五加十五是二十。

A: The fire is going out. Will you add some wood?

火就要滅了，你加一些木頭好嗎？

B: No problem.

好的！

advise

忠告、勸説、通知

- ⇨ **What would you advise?**

  你的建議呢？

- ⇨ **The doctor advised him to have a complete rest.**

  醫生勸告他要完全休息。

▶▶ 深入分析

advise是指「勸告」、「建議」及「通知」，容易和名詞advice
搞混，要特別注意。

A: I advised her that she should wait.

　我勸她要等。

B: Why don't you just pick her up?

　你為什麼不乾脆去接她？

. . . .

A: What did the doctor say?

　醫生説什麼？

B: He advised me to do exercise.

　他建議我做運動。

advice

忠告、意見、消息

- He gave me his advice.

  他給了我一些他的忠告。

- I need your advice.

  我需要你的建議！

▶▶ 深入分析

advice表示「忠告」、「勸告」，是不可數名詞，例如"She gave me some advice."(她給了我一些建議)。

A: Do you want my advice?

你要我的建議嗎？

B: Thanks. I don't need it.

多謝了！我不需要。

· ·

A: What did you say to him?

你對他說什麼？

B: I gave him advice to give up smoking.

我勸他要戒菸。

admit

承認、允許進入、接納

例句

- **Admit it.**

  承認吧！

- **I admit that I made a mistake.**

  我承認我犯了一個錯誤。

▶▶ 深入分析

表示「承認某事」，常用句型為：

admit + that子句

admit + to + Ving

會話

A: **He admitted to having read the letter.**

他承認看過那封信。

B: **Really? I can't believe it.**

真的？真不敢相信！

A: **Come on, admit it. You're a loser.**

得了吧，承認吧！你是一個失敗者。

B: **But I don't want to.**

但是我不想要（承認）。

afford

擔負得起、提供

- I can't afford to pay such a price.

  我付不起這個價錢。

- I couldn't afford it.

  我負擔不起。

►► 深入分析

不只是金錢，連時間的「抽得出時間」都適用afford。常見片語為"afford to"。

A: How about this one?

這個你覺得如何？

B: I can't afford to buy this coat.

我買不起這件外套。

. . . .

A: I can afford to do it.

我可以負擔得起。

B: Wonderful! That's good for you.

太好了。那對你很好。

agree

同意、一致、適合

- I agree.

  我同意。

- I agree with you.

  我同意你。

▶▶ 深入分析

agree表示「同意」，若是「不同意」，則在字首前加上dis，就成了disagree，表示「不同意」。常用片語為"agree with sb. on sth."(就某事同意某人的意見)。

A: What do you think?

你覺得呢？

B: I totally agree to his proposal.

我完全同意他的計畫。

. . . .

A: We agreed on a date for the next meeting.

我們就下次會議的日期達成了協定。

B: But I don't agree with you on many things.

但是在很多事情上，我和你的意見有分歧。

discuss

討論、詳述

 例 句

☞ **We discussed what to do and where we should go.**

我們討論了該做什麼事和該去什麼地方。

☞ **I'd like to discuss this plan with you.**

我想要和你討論這個計畫。

▶▶ 深入分析

discuss表示「討論」、「詳述」，另一個類似的動詞片語是"talk about"，表示「討論」。

 會 話

A: I have something of great importance to discuss with you.

我有十分重要的事情要和你討論。

B: What can I do for you?

我能幫你什麼忙？

....

A: I'm calling to discuss our annual plans with you.

我打電話來和你討論我們的年度計畫。

B: OK. How can I help you?

好的。有什麼我能幫忙的嗎？

argue

爭吵

 例 句

- **Do what you are told and don't argue with me.**
  叫你怎麼做就怎麼做，不要和我爭論。

- **I'm not in the mood to argue.**
  我沒有那個心情去辯解。

►► 深入分析

除了「爭吵」之外，argue也表示帶有辯解意味的爭論。若為某事爭吵，則常用的片語為"argue about something"，若與某人爭吵則為"argue with someone"。

會 話

A: **What are you two arguing about?**
   你們兩個到底在爭辯什麼？

B: **We're always arguing about money.**
   我們總是為錢爭吵。

. . . .

A: **Don't you think it is unfair to me?**
   你不覺得對我是不公平的嗎？

B: **I can't argue with you about that.**
   我不同意你的看法。

bear

忍受

- She bore the pain with great courage.

  她以極大勇氣忍受著痛苦。

- Bears hibernate during the winter.

  熊在冬季冬眠。

▶▶ 深入分析

bear表示「容忍」，例如："I can't bear it anymore."(我再也受不了！)若當名詞使用，bear則有「熊」的意思。過去式為bore。

A: I can't bear that fellow.

我忍受不了那個傢伙。

B: Don't worry. He is asking for it.

不要擔心！他是自討苦吃！

. . . .

A: I couldn't bear it anymore.

我再也忍受不了了。

B: Neither could I.

我也是。

beat

敲打、心臟跳動

● He beat the dog with a stick.
　他用棍子打狗。

● I'm determined to beat this illness.
　我決定要戰勝病魔。

▶▶ 深入分析

beat是指連續敲打的行為，而代表競爭中的「戰勝」動詞及名詞也是beat。常見的「打破紀錄」就叫做"beat the record"。過去式為beat。

A: I hope to beat the record.
　我希望能打破記錄。

B: Good for you.
　對你來說是好事。

. . . .

A: What did you hear?
　你聽見什麼？

B: Only its heart beating.
　只有它的心臟跳動聲。

beg

乞求

- Is David begging you for a skateboard?

  大衛有向你要要玩滑板嗎？

- She begged me not to tell her boyfriend.

  她要求我不要告訴她的男友。

▶▶ 深入分析

beg表示「請求」的意思，例如"I beg your pardon?"則表示「請你再說一次」的意思。過去式為begged。

A: What did you just say?

你們剛剛說了什麼？

B: We begged him to remain at home.

我們懇求他待在家裡。

. . . .

A: I beg your pardon?

你說什麼？

B: I said I live upstairs.

我說我住在樓上。

smile

微笑

- **He smiled at me.**

  他向我微笑。

- **We exchanged smiles as we passed in the hallway.**

  我們在走道上擦身而過相互微笑。

▶▶ 深入分析

smile是指動詞及名詞的「微笑」，常用片語為"smile at"。也可
以當名詞使用。

A: What are you smiling at?

你在笑什麼？

B: Nothing.

沒事啊！

· ·

A: You look different.

你看起來不太一樣喔！

B: Because Tracy gave me a big smile this morning.

因為崔西今早給我一個大大的微笑。

laugh

笑、嘲笑

- It was so funny; I couldn't stop laughing.

  這麼有趣，逗得我大笑不止。

- That guy always makes me laugh.

  那個傢伙老是把我逗笑。

▶▶ 深入分析

laugh是嘲笑的意思，常用片語是"laugh at+sth./sb."表示「嘲笑某物或某人」。

A: Why are you laughing?

　你為什麼在笑？

B: I'm not laughing. I'm crying.

　我沒在笑。我在哭。

- -

A: I don't want to be laughed at by my classmates.

　我不想被我的同學嘲笑。

B: Come on, it's no big deal.

　不要這樣嘛，沒什麼了不起的！

cry

喊叫、哭

- I heard someone crying in the next room.

  我聽到隔壁房間有哭聲。

- The little boy cried out with pain.

  這個小男孩疼得大叫。

▶▶ 深入分析

cry是指「哭」的意思，不論有沒有哭出聲音，都是cry。過去式為cried。

A: Hey, stop crying.

嘿，不要哭了！

B: But I can't help it.

但是我情不自禁！

. . . .

A: What's that noise?

那是什麼吵鬧聲音？

B: A girl is crying for help.

一個女孩子在大聲呼救。

help

幫助

➥ **Please help me.**
請幫助我。

➥ **I need your help.**
我需要你的幫助。

▶▶ 深入分析

當你身處危險時，help就是你的救命仙丹，請大聲呼喊："Help!"(救命啊！)help也有「止不住…」的意思，例如"I couldn't help laughing."(我忍不住要笑。)

A: Would you help me, please?
可以請你幫我嗎？

B: Sure, what is it?
好啊，什麼事？

- -

A: Can you help me?
你可以幫我嗎？

B: No. You have to help yourself.
不要！你要靠自己。

favor

幫助、贊同

例句

➡ **Would you do me a favor?**

你可以幫我一個忙嗎？

➡ **Will you do me a favor by turning the radio down?**

能幫個忙把收音機關小聲一點嗎？

▶▶ 深入分析

favor表示「支持」，既是「好意」也是「恩惠」，也有「提供幫助」的意味，常見片語"do someone a favor"。

會話

A: Would you please do me a favor?

你願意幫我忙嗎？

B: Sure. What is it?

好啊！什麼事？

. . . .

A: Are you in favor of gun control?

你贊成實行槍支管制嗎？

B: Yes, I am.

是的，我贊成。

live

居住、生存

- The Chinese live on rice.

  中國人以米為主食。

- He lived to be eighty.

  他活到八十歲。

▶▶ 深入分析

不論是「居住某地」、「在某地生活」、「生存」等，都是 live，反義是die（死亡）。而若是指「生命」的單字則是life。

A: Where do you live?

你住哪裡？

B: I live in Taipei.

我住在台北。

- -

A: Do you live with your parents?

你和父母一起住嗎？

B: No, I don't.

沒有，我沒有。

die

死、滅亡

 例 句

➡ He died of a heart attack.

他死於心臟病。

➡ My grandfather died 6 years ago.

我爺爺六年前去世了。

►► 深入分析

die是指「死亡」，另一個較特別的解釋則是「渴望」，例如：
"I'm dying for a cup of coffee."（我好喝一杯咖啡。）過去式為
died。

 會 話

A: Do you want to take a sip?

你要喝一口嗎？

B: Sure. I'm dying for a drink.

當然，我好想喝一杯。

. . . .

A: What happened to your mother?

你母親怎麼啦？

B: She died of a heart attack.

她死於心臟病。

like

喜歡

- **I like your new haircut.**

  我喜歡你的新髮型。

- **How do you like my new shoes?**

  你喜歡我的新鞋子嗎？

▶▶ 深入分析

like也有「想要」、「願意」的意味，最常見的應用句型是"What would you like...?"，例如："What would you like for dinner?"(你晚餐想吃什麼？)

A: **Which one would you like, the red one or the blue one?**

你喜歡哪個，紅的還是藍的？

B: **The red one.**

這個紅色的。

. . . .

A: **I'd like to speak to David.**

我要和大衛講電話。

B: **Hold on a second, please.**

請稍等。

love

♪ Track 106

愛、喜好、想要

● I like him, but I don't love him.

我喜歡他，但我並不愛他。

● He has a strong love for his mother.

他深深愛著自己的母親。

▶▶ 深入分析

love是比like更為強烈的「愛意」，舉凡「愛戴」、「喜好」的
情境都適用。

▶▶ 衍生單字

lover(愛人)　love affair(男女情事)　love letter(情書)

A: What happened to you?

你怎麼啦？

B: Nothing, I just don't love him anymore.

沒事，我只是不再愛他了。

. . . .

A: You are gonna love this.

你一定會喜歡這個的。

B: I'm dying to hear it.

我倒很想聽聽。

remember

記得、回憶起

- Remember to put your hat here.

  記得要把你的帽子放在這裡。

- I can't remember what I saw and heard.

  我記不住我的所聽所聞。

►► 深入分析

remember也有「回憶」、「記住」的意思。相同意思的單字還有recall。

A: When did we meet last time, you remember?

我們上次見面是什麼時候？你記得嗎？

B: Last year?

去年嗎？

. . . .

A: I can't remember how to get there.

我想不起是怎麼到那裡的。

B: How come?

怎麼會呢？

forget

忘記

➥ **You'd better not forget your mother's birthday.**

你最好不要忘記你母親的生日。

➥ **Don't forget to lock the car.**

不要忘記鎖車子。

▶▶ 深入分析

forget也具有「放棄」的意味,例如口語英文"forget it"就是指「算了吧」的意思。過去式為forgot。forget後面可以接接不定詞或動名詞,所表達的意思不同:

forget to do sth.(忘記去做某事)

forget doing sth.(忘記已做過某事)

A: **Don't forget to meet her at six.**

別忘了六點鐘要和她見面。

B: **I won't.**

我不會忘記的。

. . . .

A: **I wish I could forget him, but I can't.**

我希望我能忘記他,但我辦不到。

B: **Poor baby.**

可憐的傢伙!

leave

離開、把…留下、委託

- I'll be leaving tomorrow.
  我明天就會離開。

- When do you leave for Taiwan?
  你什麼時候要去台灣？

▶▶ 深入分析

leave另一個解釋是「剩下」、「把…留下(給某人/在某地)，例如："There are a few left."(還剩下一些！)過去式為left。

A: Would you like to leave a message?
   你要留言嗎？

B: Sure. Tell Mr. Jones to return my call.
   好啊！告訴瓊斯先生回我電話。

A: What did he say?
   他說什麼？

B: Nothing. He just left a letter for us.
   沒事。他只有留一封信給我們。

start

開始

⇒ **The movie starts at six thirty.**

電影六點半開始。

⇒ **When do you start your new job?**

你何時開始新工作。

▶▶ 深入分析

表示人事物的情境的「開始」、「啟程」都可以用start表示，start 也可以表示名詞的「開始」，例如："That's a good start."（那是一個好的開始。）

A: **Shall we start?**

我們可以開始了嗎？

B: **OK. Let's start.**

可以！我們開始吧！

. . . .

A: **I started to cough.**

我開始咳嗽了。

B: **Did you see the doctor?**

你有看醫生了嗎？

begin

開始、著手、源於

例句

- She began working for him in 2006.

  她從2006年就開始替他工作。

- The children began to cry.

  孩子們開始哭了！

▶▶ 深入分析

begin和start的意思非常類似，表示「開始進行某事物」、「源於…」、「發生…」的開始情境，例如："I began to study at seven."（我七點鐘開始念書。）過去式為began。

會話

A: When did you begin learning Chinese?

你何時開始學中文的？

B: When I was ten years old.

當我十歲的時候。

. . . .

A: What time does the film begin?

電影何時開演？

B: Ten thirty, I guess.

我猜是十點半。

finish

完成、結束

➡ **What time does the concert finish?**

音樂會何時結束？

➡ **The meeting should finish at four o'clock.**

會議應該在四點鐘結束。

▶▶ 深入分析

凡是「完成」都可以用finish表示，像是完成報告、功課、家事等，後面通常加名詞或動名詞。

A: I didn't finish my report on time.

我沒有如期完成我的報告！

B: Why? It's already 10 o'clock now.

為什麼？現在已經十點鐘了耶！

- -

A: If you'll let me finish it, I'll explain it to you.

如果你讓我完成，我會向你解釋。

B: Go ahead.

去做吧！

stop

♪ Track 110

停止、阻止

 例 句

➥ **When do you think the snow will stop?**

你覺得雪什麼時候會停止？

➥ **He stopped smoking.**

他不再抽菸了。

►► 深入分析

stop帶有「立即停止」的意味，例如戒酒、戒菸為"stop drinking/smking"。若是"stop+to+原形動詞"，則表示「停止目前手上在做的事，而去做另一件事」。過去式為stopped。stop若是名詞也有「車站」的意思。

 會 話

A: **You should stop smoking.**

你應該要戒菸。

B: **I'm OK. Don't worry about me.**

我很好。不用擔心我。

. . . .

A: **I'm going to get off at the next stop.**

我要在下一站下車。

B: **No problem.**

沒問題！

let

讓、允許

- Let us go to help that elderly man, will you?

  讓我們去幫助那個老人，你説好不好？

- He decided to let his hair grow long.

  他要開始留長髮。

▶▶ 深入分析

let也有表示允許的意味，常見的搭配為："Let's+原形動詞"，例如："Let's go."(我們走吧！)

A: Let's go to the movie.

　我們去看電影。

B: What do you want to see?

　你想看什麼？

. . . .

A: She lets her children play in the street.

　她讓她的孩子在街上玩。

B: It's pretty dangerous.

　好危險！

find

發現、找到

- I can't find my shoes.

  我找不到我的鞋子。

- I hope I can find a place to live near work.

  我希望可以找到離我工作近一點的地方住。

▶▶ 深入分析

find也表示「發現處於某種狀態」，例如："When I woke up, I found myself in hospital."（我醒來時，發覺自己在醫院裡。）過去式為found。

A: Did you find anything you like?

找到喜歡的東西了嗎？

B: Yes, show me that blue tie, please.

是的，請給我看那條藍色領帶。

A: I couldn't find the key.

我找不到鑰匙。

B: Did someone take it?

有人拿走了嗎？

meet

♪ Track 111

遇見、碰見

 例 句

➥ **We agreed to meet on Tuesday at six.**
我們同意在週二的六點鐘見面。

➥ **I met Henry in the street yesterday.**
昨天我在街上遇到亨利。

▶▶ 深入分析
meet也可以是「相識」，例如："Have you met before?"(你們以前見過面嗎？)或是「到特定地方接送」，例如："Will we meet Maria's plane?"(我們會去接瑪莉亞的飛機嗎？)

▶▶ 衍生單字
meeting(會議)

 會 話

A: **How do you meet David?**
你怎麼認識大衛的？

B: **We went to the same high school.**
我們是高中同學。

. . . .

A: **I'm glad to meet you.**
真高興認識你。

B: **It's my pleasure.**
我的榮幸。

feel

感覺、覺得

⇒ **I feel sad.**

我覺得傷心。

⇒ **I don't feel like sleeping.**

我不想睡覺。

▶▶ 深入分析

feel也可以有「欲望」的意味，常用片語為"feel like..."，例如："Would you feel like something to drink?"（你想要喝點什麼嗎？）另外，feel也有身體上的「碰觸」、「觸摸」的意思，例如："The doctor felt my arm to find out if it was broken."（醫生摸摸我的手臂，看看是否斷了。）過去式為felt。

A: **Do you feel like a cup of coffee?**

你要喝咖啡嗎？

B: **OK. Thanks.**

好啊！謝謝！

. . . .

A: **I felt very happy.**

我覺得很幸福。

B: **I'm so glad to hear that.**

我很高興知道這件事。

miss

想念、錯過、未擊中

- I miss you so much.

  我好想念你。

- I'll miss you when you go.

  你離開後我會想念你的。

▶▶ 深入分析

miss是指「思念」，因為是指沒有見著面的思念，所以也可以表示「錯過」、「未擊中」，例如"If I don't leave now, I'll miss my train."(如果我現在不離開，我就會錯過公車。)

A: Just go straight ahead?

只要往前直走？

B: Yeah. It's on the right. You won't miss it.

是啊！就在右邊。你不會看不見的。

. . . .

A: I miss you.

我想念你。

B: I miss you, too.

我也想念你。

hope

希望、期望

 例 句

⇨ **I hope so.**
　希望是這樣！

⇨ **I hope it'll be sunny tomorrow.**
　希望明天是個晴天。

▶▶ 深入分析

hope是表示「盼望」的意思，而類似意思的wish，則比較是許願、期望的意味，例如生日的許願或流星的許願，都是說"make a wish"。

 會 話

A: **Do you think it's going to rain?**
　你覺得會下雨嗎？

B: **I hope not!**
　希望不會！

‥‥‥‥‥‥‥‥‥‥‥‥‥‥‥‥‥‥‥‥‥‥‥

A: **What's your travel plan?**
　你的旅遊計畫是什麼？

B: **I hope to visit Japan next year.**
　我希望明年能去日本。

expect

盼望、認為

- We expected that you would wait for us here.

  我們還以為你會在這裡等我們呢！

- We were expecting a letter from her at that time.

  我們當時正在等待著她的來信。

►► 深入分析

expect帶有預期的意味，所以表示「期盼」，和hope的「希望」很類似，例如："We're expecting you."，意思就是「我們正在等你來。」

A: Here I am.

　我人來了！

B: We are expecting you.

　我們正在等你來。

- -

A: Don't worry about the whole thing.

　不用擔心這件事。

B: What else do you expect?

　不然你還期望什麼？

call

稱呼、打電話

- Please just call me Jack.

  請稱呼傑克就好。

- I'll call you at six.

  我六點鐘會打電話給你。

▶▶ 深入分析

call可以表示「稱呼」及「打電話」，此外，也表示「拜訪」，常用片語為"call on"，例如："I'd call on my aunt this Friday."(這個星期五我會去拜訪我姑姑。)call也可以表示「命名」的意思，例如："We'll call the baby David."(我們會給嬰兒取名大衛。)

A: Call me sometime, huh?

  有空打電話給我，好嗎？

B: I will.

  我會的。

....

A: Could I call on you tomorrow night?

  我可以去拜訪你嗎？

B: Sure, anytime.

  當然可以，任何時間都可以。

name

名字、姓名、名稱

 例句

- **What's the name of that river?**

  那條河叫什麼名字？

- **They named the baby Elizabeth.**

  他們為嬰孩取名伊莉莎白。

▶▶ 深入分析

name表示「名字」，名詞和動詞的拼法是一樣的，類似動詞、名詞拼法相同的單字還包括：pass、walk、look、exercise、help、talk...等。

 會話

A: **May I have your name, please?**

請問你的大名？

B: **I'm David.**

我是大衛。

. . . .

A: **What's her name?**

她叫什麼名字？

B: **Her name is Mary.**

她的名字是瑪麗。

enjoy

喜歡、開心

- I enjoyed the film.

  我很喜歡看這部電影。

- I really enjoyed myself last night.

  我昨晚真的玩得很開心。

►► 深入分析

enjoy是指「極度享受」的意思，表示很高興，例如："I enjoyed the days in the USA."(我在美國過得很開心。)

A: Did you enjoy yourself tonight?

你今晚玩得開心嗎？

B: Yes, I did. Thanks for inviting me.

是的，我玩得很開心。謝謝你邀請我。

. . . .

A: What did you think of Taiwan?

你覺得台灣怎麼樣？

B: I enjoyed my days in Taiwan.

我在台灣的這一段日子很開心。

eat

吃、食

- We ate up all the sweets and fruit.

  我們吃光所有的糖果和水果。

- What did you eat for lunch?

  你午餐吃了什麼？

▶▶ 深入分析

eat是指「進食」、「食用」，例如"What did you eat for dinner?"(你晚餐吃了什麼？)。過去式為ate。若特指「飲用」，則通常會用drink表示。

A: What would you like to eat?

你想吃什麼？

B: How about Chinese food?

中國料理怎麼樣？

A: What do you want?

你想吃什麼？

B: I'd like to eat an apple.

我想要吃蘋果。

drink

喝、飲、喝酒

- Drink your tea before it gets cold.

  把茶喝了，別讓它涼了。

- I like soft drinks.

  我愛喝不含酒精的飲料。

►► 深入分析

舉凡飲用液體的飲料，不論茶酒或果汁，都可以用drink表示。
若drink當成名詞使用，會用複數表示，例如："What kind of
drinks do you have?"（你們有什麼飲料？）過去式為drank。

A: What would you like to drink?

你想要喝什麼飲料？

B: Nothing. Thank you.

不用了，謝謝！

. . . .

A: Do you have any cold drinks?

你們有冷飲嗎？

B: Sure, what do you want to have?

當然有，你想喝什麼？

borrow

借用

- Could I borrow your bike until next week?

  我能借用你腳踏車到下星期嗎？

- I borrowed eight hundred dollars from him.

  我向他借了八百元。

►► 深入分析

borrow是向他人借某物使用的意思，也適合表示「借錢」的意思。若是「出借」，則為lend。而中文的「借你的電話來打」，則不可以用borrow，而要說："May I use your telephone?"，表示「借我使用你的電話」。

A: May I borrow your magazines?

　我可以借你的雜誌嗎？

B: Sure. Go ahead.

　當然好。拿去吧！

A: I was wondering if I could borrow some shampoo.

　我在想我可以向你借一些洗髮精嗎？

B: Shampoo? Sure, here you are.

　洗髮精？當然可以，給你。

become

♪ Track 117

- She became a famous writer.

  她成了有名的作家。

- It's now become a rule in the country.

  它現已成為該國的法規。

▶▶ 深入分析

表示目前的狀況將改變，可以適用在任何的人事物上。過去式為 became。

A: How is it going now?

事情進行得如何了？

B: Well, it became complicated.

嗯，變得有點複雜了。

. . . .

A: We became actual friends.

我們變成真正的朋友了。

B: You did? I can't believe it.

你們是嗎？我真不敢相信！

ask

♪ Track 117

詢問、請求

- Can I ask you a question?

  我可以問你一個問題嗎？

- You should ask your lawyer for advice.

  你應該要問問你的律師的意見。

►► 深入分析

是詢問意見及要求某人的最普遍的單字。

A: Ask him if he'd like a drink.

問他要不要喝一杯。

B: I will.

我會問他的。

. . . .

A: I have other plans. Thanks for asking, though.

我有其他計畫了。還是感謝你的邀請。

B: Maybe some other time.

也許改天吧！

allow

允許

⇨ **Allow me.**

我來幫你吧！

⇨ **Is smoking allowed in the room?**

房間內可以抽菸嗎？

►► 深入分析

allow表示「允許」之意，allow sbdy. to do sthg.則為「表示允許某人做某事」的意思。

A: **Madam, allow me.**

女士，讓我來吧！

B: **Don't bother. I can manage it by myself.**

不必麻煩！我可以自己處理！

A: **What appliances are allowed in the room?**

房間內可以使用哪些設備？

B: **You can use an oven or a microwave.**

你可以使用烤箱微波爐。

keep

保持、保留

➡ That will keep you busy for some time.
　那會使你忙一陣子。

➡ You can keep it ; I don't need It.
　你可以將它留下，我不需要了。

▶▶ 深入分析
keep表時「保持原狀」的意思，通常後面要加形容詞或動名詞。
此外，"keep in touch"字面是「保持接觸」，也就是「保持聯
絡」的意思。過去式為kept。

A: Mr. White?
　是懷特先生嗎？
B: Keep going.
　説吧！

. . . .

A: Keep the change.
　不用找零錢了！
B: Thank you.
　謝謝你。

cook

烹煮

 例 句

- **I'm going to cook dinner tomorrow.**

  明天我要做晚飯。

- **My brother is a good cook.**

  我的哥哥是一個好廚師。

▶▶ 深入分析

cook當名詞有「廚師」的意思，而cooker則為「餐具」的意思。

 會 話

A: Do you know how to cook onion soup?

你知道如何煮洋蔥湯嗎？

B: Of course I do.

當然知道。

- -

A: Wanna come over and cook dinner for me?

想要來幫我煮晚餐嗎？

B: Uh, I can't.

嗯，我不行！

cut

切、剪、割、削

 例 句

☞ He cut his fingers on the broken glass.

他被碎玻璃割破了手指。

☞ He had a cut on his face.

他的臉上有一道刀傷。

►► 深入分析

cut除了是動詞的「割」、「切」之外，也表示「刀傷」的意思。過去式為cut。

 會 話

A: What happened to you?

你怎麼啦？

B: I cut my hand on the broken glass.

我被破玻璃割破手。

. . . .

A: Did you cut yourself?

你割傷自己了嗎？

B: No, I didn't.

沒有，我沒有。

open

打開、張開

 例 句

- **I've opened the door.**
  我已經打開了門了。

- **So the door is open now.**
  所以現在門是開著的。

►► 深入分析
open除了表示物品的開啟，也可以表示思想的開啟，例如「思想開放」是用"open mind"。

 會 話

A: **What did you do?**
  你做了什麼事？

B: **I just opened the window a minute ago.**
  我一分鐘之前才把窗戶打開的。

· ·

A: **Why don't you open the door on your way out?**
  你為什麼不出去的時候把門打開？

B: **OK. I'll open the door.**
  好，我會打開門。

close

關、閉、結束

- The shop is closed though it is only 3 pm.

    儘管才下午三點,這個商店已經關門了。

- Jane closed the window.

    珍妮把窗戶關起來了。

▶▶ 深入分析

舉凡門片式的「關閉」都是用close表示,例如:

close the door (關門)

close the window (關窗)

A: Close the door when you leave home.

    離開家的時候把門關上。

B: I will.

    我會的!

. . . .

A: It's time for us to close this meeting.

    該是結束會議的時間了。

B: Good to hear that.

    很高興聽你這麼說。

play

玩、打球、演奏樂器、扮演

- I like playing football.

  我喜歡踢足球。

- He can play a variety of roles.

  他可以演各種不同的角色。

▶▶ 深入分析

play泛指「玩樂」、「打球」、「演奏樂器」、「扮演」，
例如：paly baseball(打棒球)、paly football(踢足球)、paly
guitar(彈吉他)。

▶▶ 衍生單字

player(球員、播放器)

A: You can't play football here.

你不能在這裡踢足球。

B: Why not?

為什麼不可以？

. . . .

A: What did you do last night?

你們昨晚做了什麼事？

B: We went to play basketball.

我們昨天去打籃球了。

thank

感謝、謝謝

➥ The old lady thanked me for helping her.

這個老太太感謝我幫了她。

➥ He sent me a letter of thanks.

他寫了一封感謝函給我。

►► 深入分析

「感謝」說法非常多，通常都是由thank所衍生的，例如：

Thank you. 謝謝

Thank you very much. 非常感謝

Thanks a lot. 多謝了

Thanks. 多謝

A: It's on your right side. You won't miss it.

在你的右邊。你不會看不見的。

B: Thank you so much.

非常感謝你。

- -

A: Thanks. It's very kind of you.

謝啦！你真好。

B: Don't mention it.

不客氣！

arrive

♪ Track 122

到達、抵達

- **You arrived on time.**

  你準時到達了！

- **David was the last to arrive.**

  大衛是最後一個到達的人。

▶▶ 深入分析

表示從某處到達另一處的意思，適用於人事物或交通工具。

A: **When did you arrive here?**

  你什麼時候到達這裡的？

B: **I've just arrived.**

  我才剛到。

．．．．．．．．．．．．．．．．．．．．．．．．．．．．．．．

A: **Will we arrive in Taipei on time?**

  我們會準時抵達台北嗎？

B: **Yes. We will arrive at eight am.**

  會的。我們早上八點鐘就會到。

266

display

展覽、陳列、顯示

- The museum displays the tools and clothes of native Indians.

  博物館展示印度原住民的工具和衣物。

- Many flowers were displayed at the flower show.

  在花卉展覽上展出了許多花。

▶▶ 深入分析

display著重在「公開展示」，主要是陳列以供人參觀的意思。

A: Where did you display them?

你在哪裡展示他們？

B: I'm not telling you.

我不告訴你。

A: We're planning to display it to the world.

我們打算向世人展示。

B: Wow! Great!

哇！真讚！

attend

出席、參加

- She attends classes on Tuesdays.

  她星期二有來上課。

- You don't have to attend if you don't want to.

  如果不想，你可以不要出席。

►► 深入分析

若表示「參加」，attend著重在出席的動作上。此外，attend也有「照顧」、「護理」的意思。

►► 衍生單字

attendant(服務員、值班員)

A: Everyone wants to attend the concert.

　每個人都想參加音樂會。

B: But I don't want to.

　但是我不想。

. . . .

A: If you go out, who will attend to the baby?

　如果你出去，誰來照顧孩子？

B: It's none of your business.

　不關你的事！

save

挽救、節省、儲蓄

⮕ She saved her baby girl from falling.

她救了她的小女兒，沒有讓她掉下去。

⮕ It'll save you a lot of time.

會幫你省很多時間。

▶▶ 深入分析

save表示「挽救生命」，可以直接說"save life"，若是「儲
蓄」，則是"save money"，時間、金錢等都適用。

A: She has saved me 10 dollars.

她替我省了10元。

B: Are you sure?

你確定嗎？

. . . .

A: I saved a lot of money.

我存了很多錢。

B: You did?

是嗎？

buy

♪ Track 124

購買

- She was saving to buy a car.

  她已經存錢要買車。

- He bought some flowers for his girlfriend.

  他買了一些花給女友。

▶▶ 深入分析

若是買某物給某人,常用片語"buy sbdy.+sth."。此外,buy也有「相信」的意思,例如:"Give me a break. I don't buy it."(少來了!我不相信!)過去式為bought。

A: Are you looking for something special?

你在找什麼特別的東西嗎?

B: I'll buy my daughter a watch.

我要買一支錶給我的女兒。

. . . .

A: Did he buy you anything?

他有買任何東西給你嗎?

B: Not really.

不算有!

pay

♪ Track 124

付錢、工資

● You'll pay for it.

你會為此事付出代價的。

● He gets his pay each Thursday.

他每星期四領工資。

▶▶ 深入分析

pay也可以應用在「給予注意」的情境中，例如："Pay attention to what I'm saying."（請注意我說的話。）過去式為paid。

A: If you want it, pay for it.

如果你想要，就付出代價。

B: But I don't want it.

但我不想要！

A: How much should I pay?

我應該要付多少？

B: It's eight hundred dollars.

八百元。

pull

拉、拖、拔、牽

 例 句

➥ **I couldn't pull the boat out of the water.**
　我無法把小船從水裡拉出來。

➥ **Can you pull it for me?**
　你可以幫我拉一下嗎？

▶▶ 深入分析
pull除了「拉」「拔」之外，也有「拔牙」的意思，例如："I had the bad tooth pulled out."（我讓人把那顆蛀牙拔了。）

 會 話

A: **Could you help me move this bookcase over there?**
　可以幫我移動書櫃到那裡嗎？

B: **Sure. You pull and I'll push.**
　好啊！你拉，我來推。

· ·

A: **Allow me. I'll pull it.**
　我來(幫你)吧！我來拉。

B: **No, thanks. It is not heavy.**
　不用了，謝謝！這個不重！

push

推、推進

➡ **Please push the car!**

請推一下這輛車！

➡ **I gave the wIndow a push.**

我推了那扇窗戶。

► 深入分析
push除了「推」之外，也有「逼迫」的意思，例如："Don't push
me too hard."（不要逼人太甚。）

A: **How do you use this machine?**

要怎麼使用這部機器？

B: **You can push the button like this one.**

你可以像這樣按這個按鈕。

. . . .

A: **Push harder.**

用力一點推。

B: **Or what do you think I'm doing now?**

不然你以為我現在在幹嘛？

put

擺放、穿衣

- Please put your shoes here.

  請把你的鞋子放在這兒。

- The bus put down three men.

  公車讓三個人下了車。

▶▶ 深入分析

put可以是「擺放」的意思,例如片語"put away"就是「把東西收拾好」,而應用在穿衣上,"put on"為穿上衣物的動作。此外,put也有「寫下」的意思,例如"put down"除了是「放下」,還可以和"write down"一樣是「寫下」、「記下」的意思。

A: Where did you put my hat?

你把我的帽子放在哪裡?

B: It's in your room.

在你的房間裡。

. . . .

A: Don't forget to put on your coat.

不要忘記穿上你的外套。

B: OK.

好的。

clean

弄乾淨、打掃

- Please clean it up.

  請清理乾淨。

- We are going to clean this afternoon.

  我們今天下午要打掃。

►► 深入分析

舉凡「清理」、「打掃」的情境都適用。clean可當動詞、名詞、形容詞使用。

A: Did you clean your room?

你有打掃房間嗎？

B: Yes, I did it last night.

是的，我昨晚就做了。

A: Did you wash your hands?

你有洗手嗎？

B: My hands are clean.

我的手很乾淨。

clear

澄清、清除、收拾

- This soap should help clear up your skin.

  這塊肥皂會幫助你把皮膚洗乾淨。

- After the storm, the sky cleared.

  暴風雨過後，天晴了。

▶▶ 深入分析

多半表示原本被誤會或原本陰霾的澄清或晴朗的意思時，都可以使用clear。

A: It's clear, isn't it?

　事情很明顯啊，不是嗎？

B: You really think so?

　你真的這麼認為？

. . . .

A: Let me clear off the plates.

　我來把盤子收拾走。

B: Thanks.

　謝謝！

build

建造、建設

● When was the house built?

這棟房子是什麼時候建造的？

● We have built a lot of tall buildings.

我們已建造了許多高樓。

▶▶ 深入分析

除了表示建築物的「建築」，也可以是「建立」、「發展」、
「增進」的意思，過去式為built。

A: What do you want to build?

你想蓋什麼？

B: Maybe a castle.

也許是城堡。

. . . .

A: What's your plan?

你的計畫是什麼？

B: I'm planning to build a house.

我打算蓋房子。

welcome

♪ Track 128

➡ **Welcome home.**
歡迎回來！

➡ **Welcome to Taipei!**
歡迎光臨台北！

▸▸ **深入分析**
welcome是動詞和名詞的「歡迎」，我們最常聽見的說法還有
"You're welcome."表示「不客氣」的意思，類似說法則還有
"Don't mention it."

A: Welcome to Taiwan.
歡迎光臨台灣。

B: I'm so happy to be here again.
我真高興又來這裡了。

. . . .

A: Thank you.
謝謝你。

B: You are welcome.
不客氣！

278

try

嘗試、努力

例 句

➡ **You'll have to try harder.**

你需要再努力一些。

➡ **I'm trying my best.**

我正盡力而為。

▶▶ 深入分析

表示繼續努力、不願放棄的意思，動詞、名詞均為try。過去式為tried。

A: **It's too late now.**

現在太晚了！

B: **Maybe you should try getting up earlier.**

也許你應該早一點起床。

· ·

A: **Why don't you get some sleep?**

你怎麼不試著睡一下？

B: **I've tried it. But it didn't help.**

我試過了。但是一點幫助都沒有。

turn

旋轉、轉動、轉變

- **She turned the key in the lock.**

  她把鑰匙塞進鎖裡轉動了一下。

- **Please turn to page 10.**

  請翻到第十頁。

►► 深入分析

turn意指「旋轉」，凡是「轉變」、「旋轉開關」等都可以用
turn表示，例如「扭轉打開/關閉」就可以說"turn on/off"，包括
電器、瓦斯、水龍頭…等。

A: **Please turn on the radio.**

請打開收音機。

B: **No problem.**

沒問題！

. . . .

A: **Would you turn off the light?**

你可以關燈嗎？

B: **Sure.**

當然好！

use

♪ Track 129

使用

- ☞ **May I use your telephone?**
  我能借用你的電話嗎？

- ☞ **We could use your help.**
  我們可以使用你的幫助。

▶▶ 深入分析

use除了「使用」之外，也有「習慣於…」的意思，應用的片語為"get used to..."，例如："I still don't get used to New York."(我還是不習慣紐約的生活。)

會話

A: How do you use it?
你怎麼使用它的？

B: Let me show you.
我來示範給你看。

. . . .

A: I hate it.
討厭！

B: You'll get used to it.
你會習慣的。

visit

參觀、訪問、拜訪

➥ **When are we going to visit Susan?**

我們什麼時候要去拜訪蘇珊？

➥ **She's just visiting for the afternoon.**

她只有下午來訪。

▶▶ 深入分析

舉凡「參觀」、「拜訪」人或地，都可以用visit表示。

▶▶ 衍生單字

visitor（訪客）

A: **Do you have any plans tomorrow?**

你明天有事嗎？

B: **I'll visit my friends.**

我要去找我的朋友。

- -

A: **Can I visit you this weekend?**

我這個週末可以去拜訪你嗎？

B: **You're always welcome.**

歡迎！

wait

♪ Track 130

等候、等待

 例句

☞ **We waited 20 minutes for a bus.**

我們等公車等了二十分鐘。

☞ **Could you walt for me?**

你能等我嗎？

▶▶ 深入分析

wait指「等待」，常見wait的應用句型為"Wait a moment."(稍等。)

▶▶ 衍生單字

waiter(男侍者)　waitress(女侍者)

 會話

A: **May I speak to David?**

我可以和大衛說話嗎？

B: **Yes. Wait a moment, please.**

好的。請稍等。

. . . .

A: **What are you waiting for?**

你在等什麼？

B: **What do you think I'm waiting for?**

那你覺得我在等什麼？

dress

穿衣、穿著、服裝

- She's dressing her baby.

  她正在幫她的嬰兒穿衣服。

- Try on this dress, please.

  請試穿這件衣服。

▶▶ 深入分析

dress除了是「衣著」之外，還可以表示「穿衣」的行為，常用的片語為"get dressed"，例如："I usually get dressed before having breakfast."（我通常在早餐前就會穿好衣服。）

A: Hurry up! We're late!

快一點！我們遲到了！

B: I'm dressing.

我正在穿衣服。

. . . .

A: Do we have to wear evening dress tonight?

我們今晚得穿晚禮服？

B: Of course.

當然（需要）！

drive

駕駛、迫使

- I never learned how to drive.

  我從來沒學過開車。

- She drives well.

  她的駕駛技術很好。

▶▶ 深入分析

drive還具有「迫使」的意味，例如"drive someone crazy"(讓某人發狂)。而「開車送人回家」則是"drive someone home"。

▶▶ 衍生單字

driver(司機)

A: I'll drive you to the station.

我會開車送你到車站。

B: It's very nice of you.

你真是好心！

. . . .

A: It began to drive me crazy.

這件事快把我逼瘋了！

B: Come on, you've got to relax.

好了啦，你需要放輕鬆！

break

打破、闖入

- I broke a glass in the kitchen.

  我在廚房把玻璃杯打破了！

- The police broke the door down to get into the apartment.

  警察破門而入進入公寓裡。

▶▶ 深入分析

break還包括「違反」的意思，例如："break the law"(違法)，此外，還有「把紙鈔換成零錢」的意思，例如："Can you break a \$50 bill for me?"(你可以幫我把五十元找開嗎？)過去式為broke。

A: What happened?

發生什麼事了？

B: Our toaster broke, so we have to get a new one.

我們的烤麵包機壞了，得買一個新的。

A: What happened to you?

你發生什麼事了？

B: I fell down and broke my ankle.

我跌倒摔斷了腳踝。

brush

刷、擦、梳子

- We should brush our teeth everyday.
  我們應該每天刷牙。

- I need a better brush for my hair.
  我需要一把好一點的梳子。

▶▶ 深入分析
brush是指「刷」、「擦」，舉凡「刷牙」、「梳頭髮」的動作
都適用。

▶▶ 衍生單字
hairbrush（梳子）　toothbrush（牙刷）　paintbrush（油漆刷子）

A: Did you brush your teeth this morning?
　強尼，你今天早上有刷牙嗎？

B: Yes, I did.
　是的，我有。

. . . .

A: How often do you brush your teeth?
　你有多經常刷牙？

B: I brush my teeth everyday.
　我每天刷牙。

fish

釣魚、魚

- We had fish for dinner.

  我們晚餐吃魚。

- We caught three little fishes.

  我們捉了三條小魚。

►► 深入分析

fish不但是名詞的「魚」，也是動詞「釣魚」，類似的動、名詞相同拼法的單字還有：

milk 牛奶（名詞）／擠奶（動詞）

water 水（名詞）／澆水（動詞）

A: Let's go fishing now.

我們現在去釣魚吧！

B: Sure.

好啊！

A: How many fish live in the pond?

池塘裡有多少魚？

B: How should I know?

我怎麼會知道？

walk

♪ Track 133

步行、走、遛狗

- ➡ I walk to work every morning.

    我走路去上班。

- ➡ We walked all around Chinatown.

    我們走遍了中國城。

►► 深入分析

walk同樣是動名詞相同的用語，此外，walk也有「遛狗」的意思，例如："Would you walk my dog?"（可以請你幫我遛狗嗎？）

A: You look tired.

    你看起來很累！

B: I must have walked miles today.

    我今天一定走了好幾公里。

A: Is it far from here?

    離這裡很遠嗎？

B: It's just a ten-minute walk.

    走路只要十分鐘。

One, two, three 你一定要會的基礎單字　　289

stand

站立

- Stand up, kids.

  孩子們，站起來！

- I can't stand being in the same room with him.

  我不能忍受和他待在同一個房間中。

▶▶ 深入分析

若是指「站起來」，常用片語為"stand up"。此外，stand也有「忍受…」的意思，例如："I can't stand it anymore."(我受不了了！)

A: Stand up, please.

請站起來。

B: Why? What's wrong?

為什麼？有問題嗎？

- -

A: I just can't stand him.

我就是受不了他！

B: But he's your husband.

但是他是你的丈夫啊！

sit

坐、位於

- He sat at his desk working.

  他坐在書桌前工作。

- SIt down, please, children.

  孩子們，請坐下。

►► 深入分析

sit指「坐下」，常用片語為"sit down"。此外，sit也有某物「位於⋯」的意思，例如："The school sits on a hill."（這所學校座落在山上。）過去式為sat。

A: Can I talk to you now?

我現在能和你説話嗎？

B: Sure. Sit down.

當然可以。坐下吧！

. . . .

A: May I sit down here?

我能坐在這裡嗎？

B: Sorry, it's taken.

抱歉，（這裡）有人坐。

lie

躺、位於

- I love to lie down in front of the fire and read.

  我喜歡躺在壁爐前閱讀。

- The book is lying on the table.

  這書本放在桌上。

▶▶ 深入分析

lie泛指「躺臥」,常見的片語用法為"lie down"(躺下)。lie也有「平放」的意思。

A: I feel awful.

我覺得糟透了。

B: You should lie down.

你應該躺下來。

......

A: The pen is lying on the desk.

筆就在桌上。

B: I can't see it.

我沒看到。

sleep

睡覺

例句

- **Did you sleep well?**
  你睡得好嗎？

- **I haven't had enough sleep.**
  我睡眠不足。

▶▶ 深入分析

sleep若當成名詞使用，是不可數名詞，此外，sleep也有「發生性關係」的意味，例如："Did you sleep with that guy?"(你有和那傢伙上床嗎？)過去式為slept。

會話

A: **Did you sleep with her?**
你有和她發生關係嗎？

B: **No! I just kissed her.**
沒有！我只有吻她而已。

. . . .

A: **Do you want to get some sleep?**
你想要睡一下嗎？

B: **No. I'm fine.**
不用！我很好。

run

奔跑、行駛、競選

- ➡ **They ran for the bus and got there just in time.**

  他們跑去追公車才及時趕上。

- ➡ **He'd run for Governor.**

  他會競選州長。

▶▶ **深入分析**

run還有「遇到」的意思，常用片語為"run into"，例如："I ran into an old friend in a pub."（我在酒吧碰到了一位老朋友。）run 也有「辦理…」的意思，例如"run some errands"（辦一些事）。 過去式為ran。

A: He can run very fast.

他跑得很快！

B: No kidding.

不是開玩笑的吧！

. . . .

A: Do you do exercises?

你有在運動嗎？

B: I run about three miles every morning.

我每天都跑三公里。

slow

放慢

➡ **He slowed down his pace.**

他放慢了腳步。

▶▶ 深入分析

slow是「放慢速度」的意思，常用片語為"slow down"，反義為"hurry up"表示「加快速度」。slow也是形容詞的用法，表示「緩慢的」。

A: Slow down, boy.

慢一點，年輕人。

B: Don't call me boy.

不要叫我年輕人。

. . . .

A: Is it fast enough?

夠快嗎？

B: No, it's too slow.

不，太慢了。

hurry

急忙

- Don't hurry. We're not late.

  不用急，我們還不算晚。

- Don't drive so fast, there is no hurry.

  不要把車開得這麼快，沒有必要急急忙忙。

▶▶ 深入分析

hurry除了動詞之外，當成名詞也有「急忙」的意思，常見片語為"in a hurry"，表示「匆忙中」，例如："I'm in a hurry to buy some milk."（我急著要去買牛奶！）

A: Hurry up! We're late.

快一點！我們遲到了。

B: We'll be there in plenty of time.

我們到那裡的時間綽綽有餘。

- -

A: What's the rush?

急急忙忙要去哪裡？

B: I was in a hurry to go home.

我急著要趕回家。

about

到處、大約

- It took me about five minutes.

  花了我大約五分鐘的時間。

- How about going shopping?

  要不要去購物？

▶▶ 深入分析

about是表示「到處」、「大約」的意味，此外，若當成介系詞使用，則有「關於…」的意思，例如："How about your idea?"(你的想法是什麼？)

A: How are you doing?

你好嗎？

B: Great. How about you?

不錯！你呢？

. . . .

A: My girl. Don't you know me?

我的女兒！妳不認識我嗎？

B: What are you talking about? I'm not your girl.

你在說什麼？我不是你的女兒。

ago

以前、(自今)…前

● **He left five minutes ago.**
他五分鐘前就離開了。

● **I saw him two years ago.**
我兩年前見過他。

▶▶ 深入分析

表示過去時間的「以前」有兩種說法：before和ago，before是單純的「之前」，ago則是帶有「自今…以前」的意味，例如："It's been 2 years ago."(已經是兩多年前的事了！)

A: **When did your grandfather die?**
你祖父什麼時候過世的？

B: **He died many years ago.**
他好多年前過世的。

. . . .

A: **Have you ever met him before?**
你以前見過他嗎？

B: **Yes, we went to the same school 2 years ago.**
有的，我們兩年前是同學。

before

♪ Track 138

以前

- I've never seen the film before.

  我以前從沒看過這部電影。

- I drank a glass of milk before I went to bed.

  我睡覺前喝了一杯牛奶。

> ► ► 深入分析

before表示時間上的先後順序，例如："Before you came home, we already clean the house."(在你回家之前，我們就已經打掃好房子了！)

A: Have you ever been to Japan before?

你以前有去過日本嗎？

B: No, I haven't.

沒有，我沒去過。

- -

A: Have you two met before?

你們兩人以前見過面嗎？

B: I'm afraid not.

恐怕沒有(見過面)。

after

♪ Track 139

以後

- **What do you want to do after breakfast?**
  吃完早餐你想幹嘛？

- **I found your coat after you'd left the house.**
  在你離開屋子後我找到了你的外衣。

►► 深入分析
強調先後順序，就用after（之後）和before（之前）表示，例如：
"Did you see him after school?"（放學後你有看見他嗎？）

會話

A: **What did you do after school?**
   放學後你做了什麼？
B: **Nothing much.**
   沒什麼事！

A: **I'll see you the day after tomorrow.**
   後天見！
B: **Sure. See you.**
   好！再見！

already

已經、早已

- I've seen the movie already.

  我已經看過這部電影了。

- He already finished it.

  他已經完成了！

►► 深入分析

強調「已經發生」的過去事件，就可以用already表示，例如：
"I've seen that movie already."（我已經看過那部電影了！）

A: Are you going to join me?

你要加入我嗎？

B: I'd love to. But I've already got plans.

我是很想。但是我已經有計畫了。

. . . .

A: I've seen that TV show already.

我已經看過那個電視節目了。

B: When? Why didn't you tell me?

什麼時候的事？你為什麼沒有告訴我？

just

僅僅、剛才、正好

- **Let's just wait.**

  我們現在就只要等囉！

- **Just call me Eric.**

  叫我艾瑞克就好了！

►► 深入分析

just表示「正好」、「剛才」的意思，例如"He just came back."(他才剛回來)，此外，just還有「只需」的意味，經常應用在祈使句中，例如"Just relax, OK?"(放輕鬆，好嗎？)

A: I worry about him.

　　我真是擔心他。

B: Just relax, OK?

　　只需要放輕鬆，好嗎？

. . . .

A: When did you get up?

　　你什麼時候起床的？

B: Just now.

　　就剛才。

yes

是、同意

- **Yes and no.**

  算是又不是。

- **Yes, it is.**

  是的,的確是!

▶▶ 深入分析

yes表示「同意」,通常使用在回答的情境中,而可以單獨成為句子,例如:"Can I go with David?"(我可以和大衛去嗎?)"Yes."(可以。)此外,yes也可以加重語氣,表示「太好了」,而不是答應的情境。

A: Busy now?

在忙嗎?

B: Yes, I'm in the middle of something.

對,我正在忙!

. . . .

A: We are going out for pizza tonight.

我們今晚要去吃披薩。

B: Yes!

太好了!

no

沒有、不

例 句

- **I have no idea.**

  我不知道。

- **There's no butter left.**

  奶油已經沒了！

▶▶ 深入分析

可以用在說明事件或回答問題時使用。

會 話

A: **What do you want to drink?**

想喝點什麼？

B: **Coffee to go. No sugar. No cream.**

咖啡外帶。不要糖、不要奶精。

A: **Am I bother you?**

我有打擾到你嗎？

B: **No, not at all. Come on in.**

不，一點都不會。進來吧！

not

不、沒有

- Today is not Sunday.

  今天不是星期天。

- It's not what you think.

  事情不是你想的那樣。

▶▶ 深入分析

not不會在句中單獨使用，通常和動詞或助動詞搭配使用，例如："I'm not her boyfriend."（我不是她的男友。）

A: He is not so poor as his brother.

他不像他兄弟那樣窮。

B: I don't agree with you.

我不同意你的意見。

. . . .

A: We're not friends any longer.

我們不再是朋友了！

B: What's the matter with you?

你怎麼啦？

really

真正地、確實地

- I really don't want anymore.

  我真的不想再要了。

- We really need your help.

  我們真的需要你的幫忙。

▶▶ 深入分析

really表示「真正地」、「確實地」，在口語化英文中，也可以單獨使用在句子中，例如："Really? Good."（真的嗎？太好了！）

A: I've found a job.

  我找到工作了。

B: Really?

  真的嗎？

. . . .

A: Do you wish you had someone to take care of you?

  你希望有一個人可以照顧你嗎？

B: Not really.

  不盡然希望！

too

也…、太…

- Jack can speak French, too.

  傑克也會說法語。

- It's too cold to go swimming.

  天氣太冷，不能去游泳。

▶▶ 深入分析

too適用在肯定句型中，例如"I like it, too."（我也喜歡）。而
too...to為常用片語，表示「太…以致無法…」。此外，too也有
「過分…」的意味，例如"You're going too much."（你很過分
喔！）

A: It was nice talking to you.

很高興和你聊天。

B: Me, too.

我也是。

. . . .

A: Help me with it.

幫幫我。

B: Hey! You're going too far.

嘿，你很過分喔！

either

也不

- If you don't go, I won't either.

  如果你不去，我也不會去。

- I don't know, either.

  我也不知道！

▶▶ 深入分析

不同於too，否定句型的「也」用either表示。

A: I didn't hear anything.

我什麼都沒聽到！

B: Me, either.

我也沒有！

A: I think Susan is so mean.

我覺得蘇珊刻薄。

B: Never mind. I don't like her, either.

不要在意！我也不喜歡她。

very

很、非常

例句

- **I like you very much.**

  我非常喜歡你。

- **Our bus is moving very slowly.**

  我們的公車開得非常慢。

▶▶ 深入分析

very表示「非常」，必須和形容詞或副詞搭配使用才能產生「非常…」的意義，例如："It's very hot today."（今天真熱！）

會話

A: Allow me.

我來處理！

B: It's very kind of you.

你真是好心。

. . . .

A: It's very beautiful, isn't it?

好漂亮，對吧？

B: Yes, it is.

沒錯，的確是的！

again

♪ Track 144

再一次、再、又（恢復原狀）

例句

⮞ **Please help me again.**
請再幫我一次。

⮞ **Please do it all over again.**
請重新再做一次。

►► 深入分析
again代表「再一次」、「再重複」，例如："What did you say again?"（請你再說一次。）

會話

A: **Come again?**
你說什麼？

B: **I said my name is AJ.**
我說我的名字是AJ。

- -

A: **Would you try again later?**
你可以稍後再試一下嗎？

B: **Sure. I will.**
好的！我會的！

out

離開、向外、在外

➥ **Let's go out for a walk.**

我們出去散散步吧！

➥ **The bells rang out.**

鐘聲響起。

▸▸ **深入分析**

out表示「在外」，所以有「離開」、「向外」的意思。

A: **Where is Susan?**

蘇珊在哪裡？

B: **She just went out.**

她剛剛出去了。

⋯⋯⋯⋯⋯⋯⋯⋯⋯⋯⋯⋯⋯⋯⋯⋯⋯⋯⋯⋯⋯⋯⋯⋯⋯

A: **Can I talk to Peter?**

我可以和彼得講電話嗎？

B: **Sorry, he's out of the office.**

抱歉，他不在辦公室。

in

在內、在某個時間點

- **Is Annie in her office?**

  安妮有在她的辦公室嗎？

- **I am usually free in the morning.**

  我通常早上有空。

►► 深入分析

in除了是空間上的「在內」之外，若應用在時間上，則有「即時」、「某個時間點之內」的意思，例如："We'll be home in 30 minutes."（我們卅分鐘內就會回到家。）

會話

A: **I was wondering if you had anyone in mind.**

我想知道你心中是否有人選。

B: **What if I choose Peter?**

如果我選彼得呢？

⋯⋯⋯⋯⋯⋯⋯⋯⋯⋯⋯⋯⋯⋯⋯⋯⋯⋯⋯⋯⋯⋯⋯

A: **What time is convenient for you?**

哪一個時間你方便？

B: **I will be in all afternoon.**

我整個下午都會在。

off

離去、停了、從…脫離

- ➡ They got into the car and drove off.

  他們上了車就開走了。

- ➡ She turned off the lights.

  她關了燈。

▶▶ 深入分析

off表示「離去」，例如"get off"，表示「下車」。此外，還表示時間及空間上的「距離」，例如"It's ten miles off."(有十英里遠。)

A: Where is the station?

車站在哪裡？

B: Get on this bus and get off at the station.

搭這輛公車，到車站下車。

. . . .

A: How far is the town?

小鎮有多遠？

B: The town is five miles off.

小鎮離這裡有五英里遠。

永續圖書
線上購物網

www.foreverbooks.com.tw

◆ 加入會員即享活動及會員折扣。

◆ 每月均有優惠活動，期期不同。

◆ 新加入會員三天內訂購書籍不限本數金額，

即贈送精選書籍一本。（依網站標示為主）

專業圖書發行、書局經銷、圖書出版

永續圖書總代理：

五觀藝術出版社、培育文化、棋茵出版社、達觀出版社、

可道書坊、白橡文化、大拓文化、讀品文化、雅典文化、

知音人文化、手藝家出版社、璞珅文化、智學堂文化、語

言鳥文化

活動期內，永續圖書將保留變更或終止該活動之權利及最終決定權。

國家圖書館出版品預行編目資料

```
One、two、three 你一定要會基礎單字 / 張瑜凌編著.
  -- 初版. -- 新北市：雅典文化，民103.2
    面；  公分. -- (全民學英文；35)
      ISBN 978-986-6282-97-3(平裝)
      1. 英語 2. 詞彙
805.12                              102016423
```

全民學英文系列 35

One、two、three 你一定要會基礎單字

編　　著／張瑜凌
責任編輯／張瑜凌
美術編輯／林于婷
封面設計／劉逸芹

法律顧問：方圓法律事務所／涂成樞律師

總經銷：永續圖書有限公司
永續圖書線上購物網
www.foreverbooks.com.tw

CVS代理：美璟文化有限公司
TEL：(02) 2723-9968
FAX：(02) 2723-9668

出版日／2014年2月

雅典文化

出版社
22103　新北市汐止區大同路三段194號9樓之1
TEL　(02) 8647-3663
FAX　(02) 8647-3660

One、two、three 你一定要會基礎單字

雅致風靡　典藏文化

親愛的顧客您好，感謝您購買這本書。即日起，填寫讀者回函卡寄回至
本公司，我們每月將抽出一百名回函讀者，寄出精美禮物並享有生日當
月購書優惠！想知道更多更即時的消息，歡迎加入"永續圖書粉絲團"
您也可以選擇傳真、掃描或用本公司準備的免郵回函寄回，謝謝。

傳真電話：（02）8647-3660　　　電子信箱：yungjiuh@ms45.hinet.net

姓名：		性別：　□男　　□女
出生日期：　　年　　月　　日	電話：	
學歷：	職業：	
E-mail：		
地址：□□□		
從何處購買此書：	購買金額：　　　　元	
購買本書動機：□封面 □書名 □排版 □內容 □作者 □偶然衝動		
你對本書的意見： 內容：□滿意□尚可□待改進　編輯：□滿意□尚可□待改進 封面：□滿意□尚可□待改進　定價：□滿意□尚可□待改進		
其他建議：		

總經銷：永續圖書有限公司

永續圖書線上購物網
www.foreverbooks.com.tw

您可以使用以下方式將回函寄回。

您的回覆，是我們進步的最大動力，謝謝。

① 使用本公司準備的免郵回函寄回。

② 傳真電話：（02）8647-3660

③ 掃描圖檔寄到電子信箱：

　　yungjiuh@ms45.hinet.net

| 廣　告　回　信 |
| 基隆郵局登記證 |
| 基隆廣字第056號 |

2 2 1 - 0 3

 雅典文化事業有限公司　收
新北市汐止區大同路三段194號9樓之1

雅致風靡　典藏文化

i-smart

智學堂

智慧是學習的殿堂

國家圖書館出版品預行編目資料

測試，你的腦力剩多少：最好玩的機智遊戲王 /
李元瑞編著. -- 初版. -- 新北市：智學堂文化，
民103.12 面；公分. -- (輕鬆小館；5) 攜帶版
　ISBN 978-986-5819-54-5(平裝)

　1.益智遊戲

997　　　　　　　　　　　103019603

輕鬆小館：05

測試，你的腦力剩多少：最好玩的機智遊戲王(攜帶版)

編　　著 ─ 李元瑞
出 版 者 ─ 智學堂文化事業有限公司
執行編輯 ─ 呂志榮
美術編輯 ─ 劉逸芹
地　　址 ─ 22103　新北市汐止區大同路三段一百九十四號九樓之一
　　　　　　TEL　(02) 8647-3663
　　　　　　FAX　(02) 8647-3660

總 經 銷 ─ 永續圖書有限公司
劃撥帳號 ─ 18669219
出 版 日 ─ 2014年12月

法律顧問 ─ 方圓法律事務所　涂成樞律師
cvs 代理 ─ 美璟文化有限公司
　　　　　　TEL　(02) 27239968
　　　　　　FAX　(02) 27239668

贏在 潛能

　　這是一個充滿智力競爭的時代，也是大腦潛能競爭的時代。在潛能的海洋中，誰先學會游泳，誰就贏得了先機，誰就能達到勝利的彼岸。芸芸眾生、莘莘學子，都在努力用人類豐富的經驗和智慧成果武裝自己，寄望能夠改造世界，鑄就輝煌。

　　天才的培育與成長，不單單要注重方法，更要注重觀念；成功不完全依靠勤奮，更要依靠思考的力量。當思考能力在不知不覺中，為科學的潛意識所主導，被理性的觀念所左右時，你的命運將從此改變，生命軌跡勢必朝著成功的方向延伸。每個人的一生都是由自己掌握，而聰穎的大腦就是人生之旅的發動機。潛能是可以被激發

3

的，關鍵在於如何正確選擇激發潛能的途徑。

我們都知道，身體只要透過運動就能更加強健，那麼大腦呢？大腦有沒有可能也像軀體一樣，透過專門訓練就能得到更好的發展，變得更加聰明，更具有創造能力，更能適應當今競爭越來越激烈的社會？答案是肯定的。

有效的訓練能提升智慧，開發潛能，讓思維變得更快、更強，領著你在激烈的競爭中智高一籌，領先一步。

那麼，該如何訓練才能挖掘大腦的潛在資源，讓思考能力得到最大發揮呢？相信大家在本書中一定可以找到答案。

本書擺脫了枯燥乏味、生硬刻板的填鴨式智力訓練，以輕鬆的筆調、有趣的智慧遊戲、循循善誘的訓練方法，為讀者們營造輕鬆愉快的學習氣氛，讓我們在和諧的氣氛中激盪腦力、激發潛能吧。

CHAPTER 01
計算能力訓練

CHAPTER 02
判斷能力訓練

CHAPTER 03
分析能力訓練

CHAPTER 04
創造能力訓練

CHAPTER 05
變通能力訓練

CHAPTER 06
飛躍能力訓練

CHAPTER 07
行動能力訓練

CHAPTER 08
整合能力訓練

CHAPTER 01
計算能力訓練

經常訓練計算能力，
就是提升數學思維最有效的方法。
透過各種各樣不同的數字遊戲，
讓大腦得到最有效的訓練，
不知不覺中潛能便被激發了。

沙漏 計時

沙漏是古代計算時間的器具,根據沙子從一個容器漏到另一容器的時間長短來計時。

現在有 10 分鐘和 7 分鐘的沙漏各一個,請提供以這兩個沙漏測量出 18 分鐘最快的步驟。

在本題中,翻轉沙漏的時間可以忽略不計。

智慧一點通

訣竅是兩個沙漏可以同時使用。

首先同時翻轉 10 分鐘和 7 分鐘的沙漏,開始計時。接著,7 分鐘的沙漏漏完後,立刻翻轉過來。等到 10 分鐘的沙漏漏完的後,也立刻將它翻轉過來。

再來,當 7 分鐘的沙漏再次漏完的同時,時間以經過了 7+7 = 14 分鐘。而此時 10 分鐘的

沙漏剛好漏了 4 分鐘，雖然 10 分鐘的沙漏還沒漏完，還是立刻將沙漏翻轉，等到 10 分鐘的沙漏（事實上沙子只漏了 4 分鐘）再次漏完的時候，時間剛好就是 18 分鐘了。

用算式表示即為：2x7+4 ＝ 18，你看山 4 是怎麼來的了嗎？

腦力訓練專家說

本題擺脫了簡單的數字運算，利用數字的組合得到結果。積極思考是開發青少年潛能最重要、最基本的條件之一。

計算在人腦中是一種複雜的活動，所以計算能力也是綜合能力的具體表現。不僅能夠提高數學基礎知識，也能在訓練思維的同時，刺激智力以外的大腦活動。

新月 彎彎

　　如圖所示，有一個直徑為 5 公分的半圓形，現將其向右水平移動 1 公分。

　　請問移動後出現的月牙形（即陰影部分）面積為何？

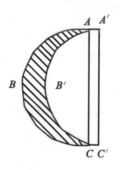

智慧一點通

觀察一下這個圖形。

先決條件是，這兩個半圓形是相等的。這

樣一來，同一個半圓形向右平移 1 公分，中間相交的部份面積也相等。

　　換句話說，長方形 ACA'C' 的面積，與平移後所形成的月牙形部分面積一定也是相等的。所以陰影部分的面積一定等於長方形的面積，即 5 平方公分。

腦力訓練專家說

　　本題結合大腦的圖形識別能力和計算能力，並使大腦思維更加充滿彈性。

　　處理問題時，不要單純依靠一種思考方式，應注意將多方條件互相結合，才能更加靈活。

蟠桃的 數目

　　孫悟空大鬧天庭，將蟠桃果園裡的蟠桃全部拔光了，正準備把收穫的蟠桃每 10 個裝一袋，帶回花果山時，分裝到最後竟然剩下 9 個；如果改為 9 個裝一袋，就剩下 8 個；孫悟空又改為每 8 個裝一袋，結果多 7 個；再改為 7 個裝一袋分，多 6 個；6 個裝一袋，多 5 個。

　　最後孫悟空算了一下，如果蟠桃總數除以 5，餘 4；除以 4，餘 3；除以 3，餘 2；除以 2，餘 1。

　　請問天庭的蟠桃最少有多少個？

智慧一點通

不管怎麼分，總是缺一個蟠桃。

如果能再多一個蟠桃，那麼這個數目就能

被 10、9、8、7、6、5、4、3、2、1 除盡了，由此可以推算出最小公倍數為 2520。

所以蟠桃數目至少為 2519 個。

腦力訓練專家說

面對題目時，應儘量避免按照固定的思維去理解。就像這個題目一樣，與其跟著題意一一驗算，不如將蟠桃的數目增加一個，找出 1-10 都可以整除的數字，最後再減去 1，這樣問題便迎刃而解了。

計算並不是將數字進行簡單的四則運算，要練習將創造性思維融入其中。

環環緊扣

把 1 ~ 8 這八個數字填入下圖雙環的各個小圓中。只要填寫正確，就能使每個環中的小圓圈數字相加之和都是 21，如下圖所示。

那麼，請你按照這個邏輯，將 7 ~ 14 這八個數字填入雙環的圓圈裡，使每一圓環的小圓圈數字相加之和為 51。

再將 13 ~ 20 這八個數字填入圓圈裡，使每一個圓環的小圓圈數字相加為 81。

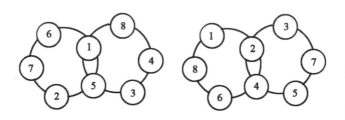

智慧一點通

（1）填數字 7 ～ 14。如下圖：

做題目時不可盲目試算，必須注意到關鍵點。

本題的關鍵在於兩環交匯處的那兩個數字，因為這兩個數字會被計算兩次。

7 ～ 14 所有數字之和為 84，每個圓環中小圓圈裡的數字之和為 51，所以兩環之和為 51×2 ＝ 102。既然其中兩個數字使用了兩次，這兩數字之和一定是 102-84 ＝ 18。

這樣一來，只要找出在 7 ～ 14 之中相加等於 18 的數字，也就是 8 和 10 或 7 和 11，接著再把其他數字套進去驗算，問題就迎刃而解了。

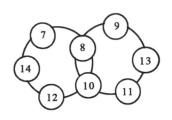

（2）填數字 13～20。

如下圖：

接下來這題會算了嗎？

按照前面的方法就可以得出答案囉。

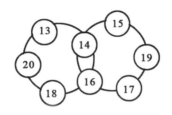

腦力訓練專家說

　　事物的存在總是彼此相互關聯。本題的關鍵點就在那兩個被重複利用的數字，如果忽視了這一點，問題就無法得到快速解決。

　　因此抓住關鍵極為重要，不僅可以藉此搜尋線索，抓住思考方向，也能幫助你依照事物發展的現狀，客觀、合理、準確地解決問題。

齊心協力

一隻螞蟻外出覓食時發現了一塊麵包，牠立刻回到螞蟻窩喚來 10 個夥伴，可是只有 10 隻螞蟻還是搬不動。

每隻螞蟻又回去各自找來 10 隻螞蟻，麵包依舊不動如山。於是螞蟻們又各自叫來 10 個同伴，但仍然抬不動。

螞蟻們再回去，每隻螞蟻又叫來 10 個夥伴。而這次，螞蟻們終於把麵包抬回洞裡了。

請問總共召喚了多少隻螞蟻？

智慧一點通

14641 隻螞蟻。

本題有陷阱，大家很容易被「各找來 10 個夥伴」混淆視聽。

其實並不是直接乘以 10，而是第一次 11 隻；第二次：11x11 = 121 隻；第三次：11x11x11 = 1331 隻；第四次：11x11x11x11 = 14641 隻。

腦力訓練專家說

這個題目告訴我們，要排除干擾條件，抓住問題的重點。

不要將思考方向固定在毫無意義的數字上，也不要跟著題目繞來繞去，把腦袋清一清，將思路打開。

思維的廣度與能否創新息息相關，在許多情境下，只要稍微擴展一下思考範圍，問題就會迎刃而解了。

分數 矩陣

將 1、1/2、3/2、1/3、2/3、4/3、1/6、5/6、7/6 填入九宮格內，使每行、每列、每對角線上的 3 個數相加之和都相等。

同樣地，用 1/2、1/3、1/4、1/6、3/8、5/12、5/24、7/24、11/24 也填入一個九宮格內，使每行、每列、每對角線上的 3 個數相加之和都相等。

智慧一點通

$\frac{2}{3}$	$\frac{3}{2}$	$\frac{1}{3}$
$\frac{1}{2}$	$\frac{5}{6}$	$\frac{7}{6}$
$\frac{4}{3}$	$\frac{1}{6}$	1

$\frac{7}{24}$	$\frac{1}{2}$	$\frac{5}{24}$
$\frac{1}{4}$	$\frac{1}{3}$	$\frac{5}{12}$
$\frac{11}{24}$	$\frac{1}{6}$	$\frac{3}{8}$

本題將使用的數字從整數擴展到分數，難度稍大了些。

如果思考的確有困難，那就想一想怎樣使它們化成整數？這樣很快就能填出來了。

（腦力訓練專家說）

本題主旨在於訓練思維的轉換能力，利用最小公倍數將分數轉換成整數，再尋找整數間的關係。

每個有所建樹的人，都善於捕捉以及利用資訊。而每一個閉目塞聽的人，則肯定會與成功失之交臂。

注意動腦、善用思維，即使是平凡的人，也會取得不平凡的成果。

猴子與桃子

一位著名的物理學家出了一道題目：有五隻猴子，分一堆桃子，可是怎麼也平分不了。於是大家同意先去睡覺，明天再說。

誰知夜裡有一隻猴子偷偷爬起來，把一個桃子吃掉，剩下的桃子正好可以分成五份。這隻猴子把自己的那一份藏起來，又回去睡覺了。

第二隻猴子也爬起來吃掉一個桃子，剩下的還是剛好分成五份，牠也把自己那一份收起來，又回去睡覺。

接著第三、第四、第五隻猴子都是這樣，吃了一個之後剛好可以分成五份，也把自己那一份收起來。

只知道最後剩下了 1020 個桃子，請問原本一共有多少個桃子？

$1020 \div (1-1/5) +1 = 1276$（個）

$1276 \div (1-1/5) +1 = 1596$（個）

$1596 \div (1-1/5) +1 = 1996$（個）

$1996 \div (1-1/5) +1 = 2496$（個）

$2496 \div (1-1/5) +1 = 3121$（個）

原本一共有 3121 個桃子。

腦力訓練專家說

　　要想突破困境，就要跳出僵固的思考習慣，甚至要採取與眾不同的方式，取得引導別人思考方向的主動權，來達到自己的目的。

百層三角塔

如下圖所示，以正方體木塊堆成三角塔。

每相鄰兩層中，上層每個木塊的下底面完全遮蓋下層對應木塊的上底面，頂層為第 1 層，往下順次為第 2 層、第 3 層……等等。

圖中畫出的是最上面的 4 層。

請問，第 100 層有多少木塊？

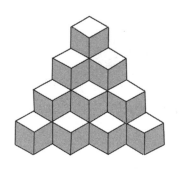

用 an 表示第 n 層木塊的個數，那麼從圖中可以看出：

a1 ＝ 1

a2 ＝ 1+2 ＝ 3

a3 ＝ (1+2)+3 ＝ 6

a4 ＝ (1+2+3)+4 ＝ 10

依此類推，得到：

a100 ＝ 1+2+3+…+100 ＝ (100+1)×100/2 ＝ 5050。

腦力訓練專家說

遇到這種題目，一個一個地數只能算是土法煉鋼，實在不聰明。所以我們必須利用歸納的方式，努力找出規律。

如果在實際生活中，你也想得心應手地解決各種難題，就要在注意結果的同時，更注意規律和方法，看似複雜的問題就會迎刃而解了。

快速 求和

78，59，50，121.61，12.43，66.50。

這幾個數字相加的總和是多少，請以最快的速度回答？

A.343.73

B.343.83

C.344.73

D.387.54

智慧一點通

這個題目其實不需要真的將每個數字相加求和，只需把所有數字的最後一位小數相加，即可得到結果是 4。而尾數是 4 的只有 D 選項，這個方式既快捷又準確。

這種類型的思維訓練主要目的並不是真的要考你加法，而是要鍛鍊大腦找到最快速的途徑解決問題。

一個優秀的人，每做一件事情，都會從各個方面細緻地考量，看看後果對自己目標的影響。

求職 薪酬

甲和乙兩家公司的徵才廣告上只有以下兩點不同,其他的條件完全相同。

請問從收入多寡來考慮,應該選擇哪一家公司較有利?

(1)甲公司:年薪 100 萬元,滿一年後每年加一次薪,每次加 20 萬元

(2)乙公司:半年薪 50 萬,滿半年後每半年加一次薪,每次加 5 萬元

智慧一點通

選擇乙公司較有利。不過爲了保險起見,還是要實際計算一下年收入,以利於比較。

第一年	甲公司	100萬元
	乙公司	50萬元+55萬元＝105萬元
第二年	甲公司	120萬元
	乙公司	60萬元+65萬元＝125萬元
第三年	甲公司	140萬元
	乙公司	70萬元+75萬元＝145萬元

在乙公司的收入每年多 5 萬元，顯然選擇乙公司較有利。

這個答案可能會令一些數學高手也感到出乎意料。因為他們的腦子裡盡是一些抽象的數學公式。其實，只要把第一年、第二年、第三年的收入列出來比較就行了。

腦力訓練專家說

如果老是停留在「想當然」的計算模式中，那就證明你的注意力和思考方式被題目的描述所迷惑。

這時候單憑直覺，可能導致我們的判斷出現錯誤。每當遇見這樣的麻煩時，只要拿出筆，耐心地算一算就會有結果。

猜電話 號碼

　　小傑又換了新的電話號碼，這個號碼只有最後4個數字跟他本來的電話號碼不一樣。但他發現了2個特點，所以新的電話號碼很好記。

　　首先，新號碼的後4碼正好是原號碼後4碼的4倍；其次，原來的號碼後4碼倒過來寫，正好是新號碼的後4碼。

　　所以，他毫不費勁就記住了新號碼，請問新號碼究竟是多少？

智慧一點通

　　假設舊號碼後四碼是 ABCD，那麼新號碼後四碼就是 DCBA。

　　已知新號碼是舊號碼的4倍，所以 A 必須是個不大於2的偶數。因為任何數的四倍都是偶

數,而且如果大於2就會進位。這麼看來A一定等於2。接著計算4×D的個位數,若要等於2,D的可能性只有3或8。

所以只要滿足:4×(1000×A+100×B+10×C+D)＝1000×D+100×C+10×B＋A,經計算可得:D是8,C是7,B是1,所以新號碼是8712。

腦力訓練專家說

數字雖然是抽象的,但它與生活各方面都有關。除了計算能力還要加強對數字規律和數字間關係的把握,然後經由推理得出答案。

數字化的計算訓練,可以讓我們的思維更加縝密、更加靈活。

圓周 比較

　　有一個大圓，內部有幾個緊密相連的小圓，圓心都位於直徑上（如下圖所示）。

　　請問大圓的周長與大圓內這幾個小圓的周長之和，哪一個比較長？

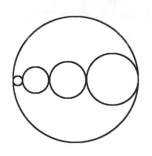

智慧一點通

　　大圓的周長等於直徑×π，而各小圓的周長之和也等於各小圓的直徑之和×π。

　　由圖可知，各小圓直徑之和與大圓直徑相

等，所以大圓的周長與大圓內部這幾個小圓的周長之和也相等。

腦力訓練專家說

如果只是觀察，很可能會得出錯誤結論。所以必須用科學一點的方法，經過理論分析，問題就變得很具體了。

在思考時，必須練就捕捉資訊的能力，並且按照需要從複雜的事物中主動搜尋選擇對解題有用的線索，最後找到正確方法。

常客有多少人

　　有人問某著名餐廳的服務生：「你們店裡常客大概有多少人？」

　　服務生這樣回答：「我這裡的常客有一半是事業有成的中年男性，四分之一是上班族，七分之一是在校學生，十二分之一是員警，剩下的四個則是住在附近的老太太。」

　　請問服務生所說的常客究竟有多少人呢？

智慧一點通

　　先假設常客的人數為「X」，然後依據題意列出以下公式：X = X/2+X/4+X/7+X/12+4

　　求解 X 可知，X = 168，所以常客的人數是168 人。

腦力訓練專家說

面對像這樣的題目，其實只要考慮數字的關係即可，至於常客的身分則不用太過度關心，這就是讓問題簡單化。

思維如果老是被問題牽著鼻子走，是不可能考慮周全的，先找到應該注意的關鍵，就不容易出錯，然後利用學過的方法解決問題，就可以在混亂的表象中撥雲見日。

沙漠探險

9 位探險者在沙漠中迷了路。某天早晨醒來，發現飲用水只夠 5 天的量了。

次日，他們發現了一些足印，看來還有一些人也在沙漠中，於是循著足跡追去。當天就追上了另外一行人，這才了解原來另外一行人根本已經沒有水喝了。

如果兩批人一起用這些水，只夠喝 3 天。

請問第二批人共有幾個人？

智慧一點通

第二批人一共有 3 個人。

9 位探險者所剩下的水，只夠 9 個人喝 4 天。與第二批人會合後，水只夠喝 3 天。可見第二批人在這 3 天中，喝的水等於 9 個人 1 天喝的水。

那麼第二批人肯定是 3 個人。

腦力訓練專家說

分析已有的條件，從這些條件中，充分理解、充分認識，看似無關的事情之間，正隱藏著彼此之間的關聯。

自由 運算

以下每個算式中都有 4 個數字「5」，請問應該如何運算，才能得到如下算式中 1 ～ 6 的答案。

請自由使用加減乘除和括弧。

1 ＝　5　5　5　5

2 ＝　5　5　5　5

3 ＝　5　5　5　5

4 ＝　5　5　5　5

5 ＝　5　5　5　5

6 ＝　5　5　5　5

$2 = 5÷5+5÷5$

$3 = (5+5+5)÷5$

$4 = (5×5-5)÷5$

$5 = 5×(5-5)+5$

$6 = 55÷5-5$

腦力訓練專家說

多多練習這種題目，可以提高你對運算的熟練掌握程度，同時讓大腦思緒靈活。

所以，就算只是簡單的數字排列組合和運算，也已可達到鍛鍊思維的目的。

傻猩猩搬 香蕉

　　一頭小猩猩找到了 100 根香蕉，小猩猩的所在位置離猩猩的家有 50 公尺，小猩猩一次最多只搬得動 50 根香蕉，而且每走 1 公尺，香蕉就會被小猩猩吃掉一根。

　　請問最後真的被小猩猩搬回家的香蕉，最多可能有幾根？

　　唯一的要求是每走一公尺都必需有香蕉可以吃，猩猩可以半途將香蕉放下回頭再搬，或是走到一半拿著剩餘的香蕉折返回起點去取其他的香蕉。

智慧一點通

　　猩猩每走 1 公尺就要吃一根，而離家 50 公尺的路程總共要來回走三次。換句話說，每公尺

路程會消耗掉 3 根香蕉。

　　第一次搬的 50 根香蕉除以每公尺消耗 3 根香蕉，50÷3 大約等於 17 公尺。所以如果一次搬 50 根香蕉，而且中途都不放下，只夠來回走 17 公尺左右。

　　另一個條件是猩猩一次只能搬 50 根香蕉。所以不論到哪裡折返，回到原點時猩猩必需空手。

　　現在，開始搬囉！

　　（1）猩猩第一次搬 50 根，走了 17 公尺後吃掉 17 根，剩下 33 根，放下其中 16 根，將剩下的 17 根帶在身上往回走，走到起點剛好空手。

　　（2）搬起剩下的 50 根，回到 17 公尺處同樣剩下 50-17 = 33 根。

　　（3）這時加上 17 公尺處第一次放下的香蕉 16 根，總共 49 根，可以一次搬走。

　　（4）然後背著總共 49 根香蕉走完剩下的 50-17 = 33 公尺路程，所以路上還會消耗掉 33

47

根香蕉。因此回到家時，剩下 49-33 = 16根香蕉。

（腦力訓練專家說）

　　這個題目顯然不切實際，哪隻猩猩會這樣
搬香蕉呢？

　　但是解題的過程似乎還滿有趣的，找出數
字與距離之間的關係，想像猩猩像電玩遊戲中的
角色一樣，在諸多不可能的條件下，依舊努力達
成目標的過程。

　　只要找到問題的關鍵點，就會發現答案很
明顯地擺在眼前。當然，搬法不只一種，有興趣
的話多玩玩看喔！

激情 NBA

一場精彩的 NBA 籃球賽剛剛結束，球迷們紛紛討論：

（1）選手們體力真棒，比賽中雙方都沒有換過人。

（2）雙方水準都很高，得分最多的一名隊員獨得 30 分；有三名隊員得分不到 20 分，並且他們所得的分數也不相同。

（3）客隊的上場球員得分最多的和最少的只差 3 分。

（4）全場比賽中，只有 3 名隊員得到相同的 22 分，而且他們並不全在同一個隊伍。

（5）主場隊員的個人得分是一組等差數列。

請根據以上資訊來推算這場籃球賽的終場比分。

根據以上條件可知：

（A）主場球員個人得分是一組等差數列，也就是三名得到同分 22 分的隊員中，只有一名在主場隊伍。

（B）客隊球員的個人得分最高和最低只差 3 分，已知其中有兩人都得 22 分，可見 30 分的球員不在客隊。

（C）主隊個人得分的等差數列中，一定是以 30 分為首，所以 22 分只可能是其中一個隊員的分數。籃球比賽每次每隊上場人數是 5 人，由此可推知主隊個人得分分別為 30、26、22、18、14 分。

（D）客隊個人得分中有兩名得到 22 分，按照條件（2）和（3），少於 20 分者只有一位，而且一定是 19 分。

（E）根據（3）和（4），餘下兩名球員所得分數只有 21 和 20 兩個可能性。

綜合上述，比賽結果為：主隊 110 分，客隊 104 分。

腦力訓練專家說

平時多留意數字，才能提高敏感度，想要很快獲得解題捷徑，只能隨時讓自己的大腦保持在轉動的狀態。

數羊？數羊群？

　　甲趕著一群羊走在草地上，乙則牽了 1 隻肥羊跟在甲後頭。

　　乙問甲：「這群羊有沒有 100 隻啊？」

　　甲說：「還要再加上同樣一群，再加上半群，再加上 1/4 群，再把你這 1 隻湊進來，才是剛好 100 隻。」

　　請問甲趕的羊群，一共有多少隻？

智慧一點通

　　甲趕的羊群一共有 36 隻。

　　暫且不管甲所趕的羊有幾隻，直接按群計算。

　　也就是（1 群 +1 群 +1/2 群 +1/4 群）＝ 2 群 +3/4 群。

已知總共有 99 隻羊。

換句話說，99÷(1+1+1/2+1/4) ＝ 36。

腦力訓練專家說

其實如果將一隻羊設爲 1，題目就複雜了。所以乾脆計算 99 隻羊等於目前羊群的幾倍比較快。

如果只是從表面去思考，很容易被各種數字束縛住，導致思考不夠客觀。

換個角度看看，用另一種方式切入，揭開事物的本質，舉一反三，將看似無關的事物聯結起來，才能時應用計算能力與思考能力，使大腦智慧升級。

驗票的 學問

在火車站的候車室裡，旅客們正在等候驗票。已知排隊驗票的旅客會按照一定的速度增加，而驗票的速度則保持不變。

如果車站只開放一個驗票口，將需要半小時的時間才能讓等待驗票的旅客全部順利進站。

如果同時開放兩個驗票口，就只需要 10 分鐘便可讓等待驗票的旅客順利驗完票進站。

現在有一班增開的列車很快就要離開了，必須在 5 分鐘內讓全部旅客都完成驗票。

請問至少必需同時開放幾個驗票口？

這個遊戲所提供的數字關係較不明顯，經過仔細分析，可以發現其中相關的數字為：原排

隊人數、旅客按一定速度增加的人數、每個驗票口驗票的速度等。

現在，讓我們為每個數字設定一個代表符號：

假設驗票開始時，等候驗票的旅客人數為 x 人，排隊旅客每分鐘增加 y 人，每個驗票口每分鐘驗票 z 人。

最少必需同時開 n 個驗票口，就可在 5 分鐘內讓全部旅客完成驗票進站。

接著根據已知條件列出方程式：

如果只開放一個驗票口，需半小時驗完，所以 $x + 30y = 30z$

如果開放了兩個驗票口，需 10 分鐘驗完，所以 $x + 10y = 2 \times 10z$

如果開放 n 個驗票口，最多需 5 分鐘驗完，所以 $x + 5y = n \times 5z$

依照以上方程式可以解出 $x = 15z$；$y = 1/2Z$

再將以上兩式帶入 $x+5y = n \times 5z$，得 $n = 3.5$

不可能只開 3 個半驗票口，所以 n 一定是 4。

因此，答案是至少需同時開放 4 個驗票口。

腦力訓練專家說

數字的表達可以抽象也可以直接，它涉及生活各個層面。

這個遊戲考驗的是你對文字的理解分析能力，面對複雜又不夠直白的描述，我們要善於找出關鍵點，排除不必要的干擾因素。

這種透過數字來理解問題的能力，可以考驗我們對數字理解的深度和廣度，利用數字解決問題，好處是答案不容懷疑，但理解數字出現困難時，也要學會轉換思考方式，反覆研究已知條件，排除干擾，這樣就能快速得到想要的結果。

CHAPTER 02
判斷能力訓練

只要詳細分析基本概念以及複雜現象，
就能使判斷能力得到前所未有的提升。
你希望自己的判斷能力飛升嗎？
一起試試看下面的遊戲吧。

過小橋

小華一家 5 口正要通過一座橋，因為正值黑夜，所以必須拿著蠟燭。

已知小華過橋只要 1 秒，小華的弟弟要 3 秒，小華的爸爸要 6 秒，小華的媽媽要 8 秒，小華的爺爺要 12 秒。

橋每次最多可承受 2 個人，過橋的速度必需依照較慢的那一方而定，而且只有一根蠟燭，蠟燭只要點燃後 30 秒就會熄滅，請問小華一家該如何過橋？

智慧一點通

第一步：小華帶弟弟過橋，然後小華回來，耗時 4 秒。

第二步：小華再帶爸爸過橋，然後讓弟弟

回來，耗時 9 秒。

第三步：接著媽媽帶爺爺過橋，蠟燭交給小華回來，耗時 13 秒。

第四步：最後，小華與弟弟過河，耗時 4 秒。

這樣全家人就都過河了，總共耗時 30 秒。

腦力訓練專家說

這道題目考驗的是在限制條件下解決問題的能力。可能有人認為應該由小華持蠟燭來來去去最節省時間，但最後卻怎麼也湊不出最快的解決方案。

不管碰到任何問題，只要根據具體情況稍稍做些改變，問題就能迎刃而解了。

出生率

　　爲了男嬰的出生率，小明和小亮展開辯論。

　　小明認爲，按照歷年人口統計，我們發現，新生嬰兒中男嬰的出生率總是在 22/43 這個數值附近波動，而不是 1/2。

　　小亮認爲，許多資料顯示，多數國家和地區，如：俄羅斯、日本、美國、德國以及臺灣地區都是男人比女人多。可見男嬰出生率在 22/43 上下波動這點不成立。

　　請仔細分析兩個人的對話，並指出下列哪一個選項說明小亮的邏輯錯誤？

　　（1）小明所說的統計規律並不存在。

　　（2）小明的統計調查不夠科學。

　　（3）小亮的資料不可信。

　　（4）小亮對概念的理解不足。

智慧一點通

「男嬰出生率」高，並不代表男人一定比女人多。

相關因素還有存活率、相對壽命等。所以，小亮的反駁顯然是因為對基本概念不夠理解。因此選項（4）為正確答案。

沒有證據能夠斷定（1）、（2）、（3）三項描述。

腦力訓練專家說

本題考驗的是對概念的把握程度，所以我們的邏輯一定要清晰，而且思緒必需夠縝密。

判斷力的精髓就在於當機立斷、準確把握，如果一開始就作出了錯誤的判斷，那麼將會影響接下來解決問題的思考方式。

波娣婭的 珠寶盒

在莎士比亞的《威尼斯商人》一劇中,波娣婭有 3 個珠寶盒,一個是金的,一個是銀的,一個是銅的,波娣婭的畫像藏於這 3 個盒子之中,而波娣婭的追求者們,不論是靠運氣或是聰明的頭腦,只要能夠挑出藏有畫像的盒子,就可以娶她爲妻。

在每個盒子的外面,都寫了一句關於盒子裡是否裝有畫像的提示,如下圖所示:

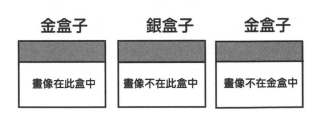

金盒子	銀盒子	金盒子
畫像在此盒中	畫像不在此盒中	畫像不在金盒中

波娣婭告訴追求者:上述 3 句話中,只有

一句是真的，請問想娶波娣婭爲妻的幸運者，應該選擇哪個盒子呢？

智慧一點通

金盒子上的話和銅盒子上的話互相矛盾，所以兩句話必有一真。又因爲 3 句話中只有一句是真話，所以銀盒子上的一定是假話。

所以，畫像就在銀盒中。

腦力訓練專家說

必需先理解並掌握各種複雜條件的邏輯性質，才可以靈活地從中選擇並運用適合的判斷形式。精確分析之後找到了矛盾之處，然後由這裡入手，各條件之間的關係就晴晰可見了。

圖解的 妙處

　　住在張家莊的人都穿白衣服，住王家莊的人都穿黑衣服。

　　沒有人會既穿白衣服又穿黑衣服。

　　王明偉穿的是黑衣服。

　　如果上述都是正確的，請問以下哪項也一定是對的？

　　（1）王偉是王家莊人。

　　（2）王偉不是王家莊人。

　　（3）王偉是張家莊人。

　　（4）王偉不是張家莊人。

（智慧一點通）

首先，按照題意所述畫出關係圖如下：

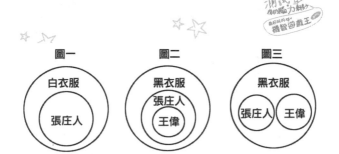

圖一　　　　圖二　　　　圖三

白衣服　　　黑衣服　　　黑衣服

張庄人　　　張庄人　　　張庄人　　王偉

　　　　　　王偉

接著就可以按照關係圖逐一比對選項的正確性。王偉是不是王家莊的人不一定真，但王偉絕對不是張家莊的人。

正確選項是（4）。

腦力訓練專家說

思維的提升可以有很多種方法。在遇到複雜的描述時，要盡量利用圖表理清關係。這個遊戲考驗您對問題的分析是否嚴密準確。

解決問題之前，首先要看清問題。很多人之所以無法解決問題，主要是因為對問題的分析不夠全面性。

手套

　　據說在某島國上流行著一種極容易因為接觸而遭到傳染的疾病。一旦染上該病，1個月後將發病而死，該病可以透過外科手術治癒。

　　國王懷疑自己得了這種病，於是找到島上醫術最高明的3位醫生，要求他們輪流主刀。

　　然而目前整座王國裡，只有2雙已消毒過的手術用手套，在無法準確判定3位醫生是否遭到傳染的情況下，怎樣做最安全？

智慧一點通

　　從表面看來國王和三位醫生4個人只有2雙手套根本不夠用，其實我們忽略了2雙手套總共有4個面，一個人只要限制接觸其中一面就可以了。

假設 2 雙手術手套的 4 個面各為 A1/A2/B1/B2。

　　第 1 個醫生同時戴上 2 雙手套：A1/A2/B1/B2：A1 接觸醫生 /B2 接觸國王。

　　第 2 個醫生戴上 1 雙手套 B1/B2：B1 接觸醫生 /B2 接觸國王。

　　第 3 個醫生戴上 2 雙手套 A2/A1/B1/B2：A2 接觸醫生 /B2 接觸國王。

腦力訓練專家說

　　思維很容易被習慣誤導，這個遊戲為我們打開了另一扇窗。

　　我們在進行遊戲時一定要多思考各種可能性，被忽視的地方往往就是解題的關鍵。

相親 相愛

220 和 284 這對數字有著特殊的關係,請問是什麼關係呢?

提示是:「你中有我,我中有你」。仔細研究看看其中的奧妙吧!

智慧一點通

數學之中有所謂親和數 (amicable numbers)。

意思就是:A、B 兩個數之中,A 的正約數之和等於 B,而 B 的正約數之和也等於 A。

220 的全部正約數是:1、2、4、5、10、11、20、22、44、55、110,相加之和是 284。而 284 的全部正約數是:1、2、4、71、142,它們相加之和是 220。

這不正是「你中有我,我中有你」嗎?

腦力訓練專家說

單看這兩個數字，實在看不出其中有什麼關係，因為這種關係存在於其內部或外部引申的含義，因此，光看事物的表面現象，就以為自己認識它。

面對任何事物，下判斷之前，我們必須認真思考其中的關連和相互影響力，才能更準確地認識事物。

超級 滑輪組

　　如下圖所示，有一組超級滑輪遊戲組，其中黑色的點表示固定支點，白色的點表示不固定支點。

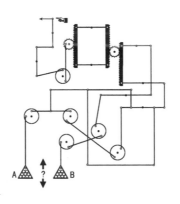

　　圖片左上角有一個手指圖案，如果現在按照手指方向，推一下不固定支點，請問終端的物體 A 和 B 會上升還是下降？

智慧一點通

A會上升，B會下降。

如圖：

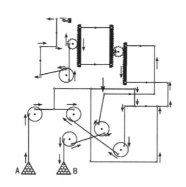

腦力訓練專家說

在做這個遊戲時，對於「固定支點」、「不固定支點」以及「齒輪的運動規律」三個概念一定要分得很清楚。

人們常習慣用自己熟悉的知識去解釋似曾相識的問題，但我們也要將學習過的知識運用在恰當的問題上，解決起問題來才會得心應手。

71

神探與五顆 子彈

　　警探正在調查一件兇殺案,根據現場勘驗,發現兇手是隔著玻璃窗打了 5 槍才命中目標,如圖所示。

　　請問這 5 槍的順序為何?

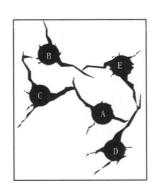

智慧一點通

D、A、C、B、E。

原因是後發射的子彈會在玻璃窗上造成新裂痕，一碰到先發射子彈的舊裂痕後，新裂痕就會出現被擋住的狀況。

腦力訓練專家說

神探福爾摩斯總是能出奇制勝地在混亂的現場找到破案的蛛絲馬跡。想要到達這樣的境界，需要細緻的觀察力以及活躍縝密的思考能力。

當你看到圖片時，首先要做到細緻觀察與合理推論，最後才會得到結論。

判斷力就是當你看到某物件時，能借助想像的力量喚起判斷力。只要仔細思考與分析，就可以幫助我們在思考過程中，增強自信心，同時增強思考能力。

沒時間！我沒時間！

　　小明經常抱怨沒有時間，有一次他對爸爸說：「您知道嗎？我的時間綁得太緊了，以至於讀書的時間很少。我每天要睡 8 個小時，這樣一年的睡眠時間就是 122 天。寒假和暑假加起來又有 60 天。每星期休息 2 天，這樣一年就要休息 104 天。每天吃飯的時間加起來要 3 個小時，一年就需要 46 天。每天上下學加上塞車時間需要 2 個小時，加起來又要 30 天。全部加起來就有 362 天了。這樣一年只剩下 3 天的時間念書，我怎麼可能有好成績呢！」

　　爸爸當然說小明在狡辯，你怎麼解釋？

智慧一點通

小明在算時間時重複計算了很多時間。

比如：假期中的睡眠時間和吃飯時間、週末休息日的睡眠和吃飯時間都被重複算進去了，更別說上下學通勤時間也是重複計算的。

腦力訓練專家說

　　在面對現實問題時，要記住盡量不要在細節上糾纏，必須果斷地捨棄次要因素，使思維空間得以充分展開。

　　一開始聽小明的辯辭，覺得似乎有些道理，但實際上其中有許多細節是被忽視的。這時就要靠縝密的判斷幫助我們解決問題，只要能夠周全的進行思考，就可以直接抓住問題的本質。

迷宮的 出口

　　偵察人員陷入一座迷宮，不管怎麼繞都找不到出口。突然，他們發現一條三岔路的每個入口都寫著一句提示。

　　第一個路口寫著「這條路通向迷宮的出口」，第二個路口寫著「這條路並不通向迷宮的出口」，第三個路口寫著「另外兩條路口上寫的話，一句是真的，一句是假的，我們保證，上述的話絕不會錯」。

　　那麼，他要選擇哪一條路才能出去呢？

智慧一點通

走第三條路。

這個遊戲的前提是必須相信第三個路口的提示是真的。如果第一條路寫的提示是真的，那

麼它就是迷宮的出口。這樣一來，第二條路口所寫的提示也是正確的，這和只有一個提示是對的互相矛盾。

如果說，第一條路上的提示是假的，第二條路上的提示是真的，這就表示這兩條路都不會通往迷宮出口，所以真正的路就是第三條。

腦力訓練專家說

善於假設，善於排除錯誤線索，是解出這道題目的關鍵所在。

判斷就是斷定事物現狀的思考方式，本題考驗的是你對問題的分析是否嚴密、準確，是否有足夠強大的邏輯推理能力。

有幾個學生

公園裡有一群學生圍坐在圓桌旁準備用餐。從學生甲開始，按逆時針方向數，數到學生乙為第七個，而且學生甲與學生乙又正好面對面。

請問這群學生一共有多少人？

智慧一點通

這群學生一共有 12 人。

因為甲、乙兩個學生「正好面對面」，這說明兩人左右間隔的人數一樣，都是 5 人。

腦力訓練專家說

也許會有人慢慢數出答案來，但如果答案是 1000 人呢？故最好的方式是由簡單的語句中分析關係，再根據已知條件推測結論。

數字 格子趣

　　下圖中有個數字比與其距離三格的數字多 3，比距離一格的數字少 2，比距離兩格的數字多 5，比距離一格的數字多 4，比距離三格的數字多 6，比距離兩格的數字少 4。

　　請問這個數是格子中的哪一個數子？

19	2	35	7	9
24	23	25	3	17
27	11	31	13	8
4	18	14	27	10
30	16	12	15	20

智慧一點通

是 23。

如圖：

　　遊戲中給出的要求和限制很多，如果要一格一格細細考慮，實在不利於解決問題。所以，我們可以利用比較、判斷的方式，從最容易的地方著手。也就是說「比距離它一格的數字少2」，這樣問題在瞬間即可解決。

　　無論是考試時回答是非題，還是在日常生活中分析正在發生的事情，都包含著對某件事或某個人的是非判斷。因此，努力加強判斷力的訓練，一定可以提高對事物的認知能力。

小木匠

　　有一個木匠用鋸子把一個邊長 3 公分的立方體鋸成 27 個 1 立方公分的小立方體（如下圖所示）。顯然，他只要鋸 6 次，就可以很容易做到這一點。

　　有一天他突發奇想：如果把鋸下的木頭巧妙地疊放在一起鋸，可不可以減少鋸的次數呢？木匠的妙想能實現嗎？

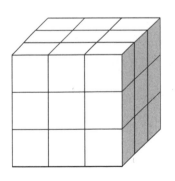

木匠的妙想其實是不可能實現的。

因為最終被鋸成的 27 個小方塊之中，最中央的那個小方塊一定會有 6 個截面。不管如何，只鋸一次是不可能在同一個小方塊上留下兩個或兩個以上的截面。

因此，中央那個小方塊一定要被鋸 6 次。

腦力訓練專家說

在考慮問題時一定要周全，許多細節是不能被忽視的。

最好的判斷能力，必須把隱藏在平凡無奇之中的特殊事件找出來，還要能夠把握環境趨勢以及重點。判斷力能夠幫助你抓住別人容易忽視的重點，使你從不同角度思考問題，並且冷靜、客觀地分析問題，讓你在利用智慧和經驗進行決策前，能夠對資訊進行批判性的研究和分析。

消失的 新年

兩個在遠洋漁船上工作的漁夫回鄉。

甲說：「我年前離開時是向東航行。當我到美國三藩市的時候，已經是年後數天了。我是在海上度過新年的。有趣的是，我連續過了兩個元旦呢。」

乙說：「我和你一樣時間出發，只是方向相反，我是從美國三藩市回來。當我回來的時候，也是年後幾天，竟沒有趕上新年倒數，真是遺憾！」

請想一想這兩個人的說法正確嗎？為什麼？

智慧一點通

他們說的都對。

地球是一個圓球體，為了區分「今天」和「明天」，人們協商在經線 180 度附近，劃定一條國際換日線。凡是通過這條線，都要變更日期。因此台灣開往美國的船隻，只要經過這條線就要少算一天，假如原來已經過了新年，就能再過一次新年。

而從美國開回台灣的船隻，只要經過這條線就得多算一天，所以碰不到新年。

腦力訓練專家說

你的地理知識可以幫你解決這道難題，這是一個很好的訓練。判斷力是一種智慧，端看一個人對事物的認識和把握能力。

所謂判斷力就是做選擇的能力。必須先看出互不相干的事件之間，彼此的內在聯繫，才能系統性地進行分析。

CHAPTER 03
分析能力訓練

分析能力就是把物件由整體化為部分，
又將部分結合成整體的能力。
出眾的分析能力需要後天的不斷培養。
一旦你的分析能力獲得提升，
認識事物的能力也就跟著加強了。

聰明的 海盜

　　海盜船上有 600 名船員。某次暴風雨肆虐，船出了問題，殘酷的船長竟然下令減少船上的人數，他要求 600 名海盜站成一排報數，每次報出奇數的人就會被扔下海。

　　一位聰明的海盜卻找到了最安全的位置，請問是幾號位置？

智慧一點通

　　第一輪中被扔下船的人為 1，3，5，…，599。

　　第二輪中，被扔下船的就是原來報 2，6，10，…，598 的人。依此類推，最後得出 512。

　　其實，只要選擇 2 的 n 次方中，小於 600 的最大數，即可得到答案。

這種類型的題目，不論總數是多少，最後剩下的數字一定都滿足 2 的 n 次方，並且小於或等於總數。

腦力訓練專家說

遇到複雜的問題，首先要分析各項要素之間有何聯繫，找到其中規律，再由此規律將其他更複雜的問題一一化解。

所謂分析，就是靠著思考將各個事物分解成各種屬性，然後逐一研究觀察。所謂綜合，就是仔細將事物的各個屬性聯合成一個整體，然後重新考量。

分析和綜合的能力，在解題過程中是不可分離的兩個重點，無法犧牲其中任何一項，或特別著重任何一項。只要同時掌握這兩種能力，接下來只要注意它們之間的和諧就可以了。

魔術師的 神奇之處

　　魔術師拿出一面時鐘，請觀眾在鐘面 1 ～ 12 個數字之中選擇一個數字暗暗記住。

　　接著魔術師拿出魔杖，告訴觀眾：「現在我要借用魔杖的力量感應鐘面上的數字，每點一個數字，就請你將剛剛默記的數字加上 1。假如你選的數字是 5，我點第一下，你就在心中默念 6，點第二下，你就在心中默念 7……依此類推，念到 20 時，就請你喊『停』。這時魔杖感應的數字，一定是你最初默記的數字。」

　　觀眾認為這是不可能的，因為魔術師跟本不知道自己是從哪個數字開始默念的。但當他按照魔術師的安排操作了一遍之後，魔杖所指的數字竟然正是觀眾一開始記住的那個！

　　魔術師是如何做到這一點的？注意，道具必須是一個有指針的時鐘。

智慧一點通

這個題目說穿了很簡單。

假設觀眾選定的數字是 A，而魔杖點選的次數是 B，當觀眾默唸到 20 喊「停」時，魔杖剛好點了 B 次。也就是：A+B ＝ 20，換句話說：A ＝ 20-B。所以，魔術師點 1 下，就是 20-1 ＝ 19；點 2 下，就是 20-2 ＝ 18；……依此類推。但由於鐘面上只有 1 ～ 12 個數字，所以觀眾不可能選到 13 ～ 19 這 7 個數字。

於是，魔術師裝出一副慎而重之的樣子隨意點選了七個數字，從第八個數字起必定是 12，第九個數字必定是 11，第十個數字必定是 10。

就這樣沿逆時針方向按順序點下去，當觀眾念到 20 並喊出『停』時，魔術師點到的數字必定正好是觀眾最初默記的 A 數字。

腦力訓練專家說

我們認爲很玄妙的事，其實道理常常很簡

單。只要把其中的規律抓住，就能解決一系列的問題。

　　借助直覺和靈感，從意想不到的地方入手，讓大腦已有的知識和經驗，以創造性的方式解決問題，你便能進入全新的思考世界，藉此得到更有意義的收穫，同時提高創造力。

鏡中人

如下圖，鏡子前站著7個人，只要鏡子裡看得見部分的倒影，哪怕只是一隻手都算「看見」。

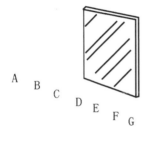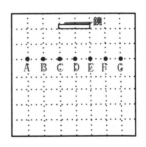

請問：

（1）有多少人能從鏡子中看見 A？

（2）有多少人能從鏡子中看見 D？

（3）D 向後退 2 個方塊的距離之後，有多少人能看見他？

智慧一點通

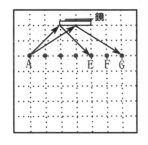

（1）3個人。

（2）5個人。

（3）3個人。

　　鏡面反射的原理是入射角＝反射角。即射入鏡子的光，將以同樣的角度射向相反方向，再反射進入人眼，人就能看見物體。

腦力訓練專家說

　　運用其他學科的知識來思考問題，不僅可以開闊視野，還能活躍思維。

　　如果在前進的途中遇到麻煩或阻礙，唯一

的辦法是勇敢面對，這樣問題就會越來越少。只要按部就班逐一解決，有時其他的問題也就自動消失了。

賣水的 商人

　　有一個用大皮囊裝著 25 公升飲用水的商人，行經沙漠時，碰到一位要買 19 升水的客人和一個要買 12 升水的客人。商人的水不夠同時賣給兩人，只能賣給其中一人，而且他希望在這酷熱的沙漠中，儘快結束交易。

　　假設商人從皮囊中倒出 1 公升的水需要 10 秒，那麼他會賣給哪位客人呢？

智慧一點通

　　賣給需要 12 升水的客人。

　　因為皮囊中有 25 升水這件事，只有商人自己知道。所以必須按部就班一升一升地測量完，才算完成買賣。

腦力訓練專家說

任何事都可視爲大前提。在商業交易時，讓客人瞭解就是大前提。或許有人認爲只要倒出 6 升水，就可以直接賣給需要 19 升的客人了，這樣不是比較快嗎？

總之，只要讓客人知道皮囊中真正的水量是多少，就沒有欺騙嫌疑了。

這個問題或許會出現多種解答方法，但只要能滿足大前提，就是正確的解答。

聰明反被聰明誤

　　一個被警方通緝多年的盜墓者某天突然前來自首，他聲稱自己偷來的 100 塊法老壁畫被他的 25 個手下偷走了。這些人之中，最少者偷走 1 塊，最多者偷了 9 塊，這 25 人各自偷了多少塊壁畫，他說他也搞不清楚。唯一可以肯定的是，他們都偷走了單數塊壁畫，沒人偷走雙數塊。

　　他願意將 25 個人的名字都供出來，條件就是要求自己獲得免刑。警方答應了，但當天下午，局長就下令將自首的盜墓者抓起來。

　　請問為什麼？

智慧一點通

　　100 這個數字要分成 25 個單數，換句話說奇數個單數之和必須等於 100（雙數），這顯然

是不可能的。

這 25 個數字可以分組為 12 對單數再外加一個單數。每一對單數之和一定是雙數，所以 12 對單數相加，一定也是雙數。雙數再加上一個單數，無論如何都絕不可能是雙數。因此 100 塊壁畫分給 25 個人，一定有人偷的是雙數。

自首的盜墓者出這一招，顯然是想嫁禍給手下，自己一人私吞贓物。

腦力訓練專家說

避免被思考邏輯慣性制約，讓已經消化完成的知識進入新的思維情境，這樣一來不僅可以鍛鍊隨機應變的判斷能力，還能考驗分析能力。

解決問題時，首先應正確理解實際現況，然後充分分析：問問自己困難點是什麼？妨礙順利解決問題的障礙是什麼？該如何越過障礙，該如何選擇最有利的條件？這種態度，對提高分析能力是十分重要的。

司令部截獲一份秘密情報。經過初步破解得知：下月初敵軍將分東西兩路再次發動進攻。從東路進攻的部隊人數爲「ETWQ」，從西路進攻的部隊人數爲「FEFQ」，東西兩路總兵力爲「AWQQQ」，另外得知東路兵力比西路多。

每個字母都代表了不同的數字，請你幫忙破解這個密碼吧！

智慧一點通

首先按照題意列出算式如下：

$$\begin{array}{r}
\text{E T W Q} \\
+\text{F E F Q} \\
\hline
\text{A W Q Q Q}
\end{array}$$

（1）這樣一來，就很容易看出 Q+Q = Q，故 Q = 0。

（2）另外，題目已經點出東路兵力比西路多，所以 E>F。

（3）最重要的關鍵思考點在於，以上每個字母所代表的必定是單一位數，而且是正數。

任何單一位數正數相加，最高只有可能是 9+9 = 18，所以 A = 1。

（4）接著根據以上推論列出算式：W+F = 10，T+E+1 = 10，E+F+1 = 10+W。

a. 導出 E+1 = 2W，所以 E 一定為單數。

b. 假設 E = 1，3，5，7，9，所以 W< = 5。

c. 根據 T+E = 9，導出 E<9，所以 W<5

d. 根據 W+F = 10，並且 W<5 導出 F>5

（5）根據（4）得出 5<F<E<9

（6）帶入線索 b，得知 E = 7，T = 2，W = 4，F = 6，A = 1，Q = 0

所以東路兵力是 7240，西路兵力是 6760，

總兵力是 14000。

任何複雜的問題都有突破點，我們需要做的是將精力集中在這一點上，然後經過仔細的觀察分析得出答案。

想完美解決每一個問題，就要對已知、未知以及限制條件都瞭若指掌。

黑白 帽子

新年 party 上，老師與同學歡聚一堂，一起玩遊戲。

首先老師把燈關掉，並發給每個人一頂帽子戴上，告訴大家這些帽子有的是黑色、有的是白色，白帽子的數量至少有一頂。

遊戲規則是：所有人都不能交談，也不能取下自己的帽子看顏色。只要判斷出自己的帽子顏色是白色的人，立刻拍一下手掌。

遊戲開始了。燈亮第一次，所有人看了彼此一眼，沒有人拍掌。然後燈熄滅了。過了幾秒鐘，燈又亮了一會兒，還是沒有人拍掌。然後燈又熄滅了。就這樣直到第四次熄了燈之後，才聽見一陣拍掌聲。

請問有多少人戴著白帽子呢？

總共有四個人戴了白帽子。

假設只有一個人戴了白帽子，那麼第一次亮燈時，他會看到眼前沒有任何人戴白帽子。既然白帽子至少有一頂，他便可以判斷自己戴的是白帽子。所以在第一次熄燈後他就會拍掌。

但題目說這時並沒有人拍掌，所以數量肯定大於一。假設有兩個人戴了白帽子，一號戴白帽子的人就會看到二號白帽子，但第一次熄燈後沒有掌聲，說明二號白帽子一定也看到看了自己頭上這頂白帽子，所以在第二次熄燈後會有兩人的掌聲。

但題目說，這時還是沒有掌聲，所以數量大於二。由此推理下去，既然是第四次熄燈後才出現掌聲，所以總共有四個人戴了白帽子。

腦力訓練專家說

在分析問題的時候，如果正向思考遇到阻

礙，可以採用逆向推理的方式。假設從相反的角度思考，問題就變得容易了。思考能力可說是人與問題之間的橋樑。

蝸牛 回家

把四個立方體紙盒堆成一個大立方體（如下圖所示），並標上相應的符號。

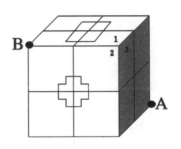

有一隻小蝸牛在 A 處找到了食物，小蝸牛想把食物搬回位於 B 處的家。請你幫助小蝸牛找到最近的路線。

智慧一點通

答案有兩條路線。

請將立方體展開（如下圖所示），A和B之間的連線就是最短的路線。

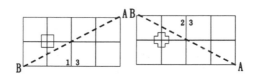

腦力訓練專家說

不要被眼前的表象嚇倒。決定成功與否的關鍵通常不會是外部環境條件，而是自己內心的想法。

在你著手做每一件事情之前，先要仔細思考，動動大腦想一想。

倉庫 管理員

　　甲、乙、丙 3 個人輪班負責看管 3 個倉庫，每個倉庫都備有兩把鑰匙。

　　請問該如何安排倉庫鑰匙的保管工作，才能保證甲、乙、丙 3 個人隨時都能進入每個倉庫？

智慧一點通

　　首先把三個倉庫命名爲 A、B、C，甲、乙、丙分別拿著一把不同倉庫的鑰匙。再把剩下的鑰匙這樣安排：A 倉庫內掛 B 倉庫的鑰匙，B 倉庫內掛 C 倉庫的鑰匙，C 倉庫內掛 A 倉庫的鑰匙。

　　這樣一來，無論誰輪休，剩下的人都能利用自己手上那把鑰匙進入 3 間倉庫。

腦力訓練專家說

　　當你感到已知條件受限制的時候，只要換一個角度，將已知條件的順序進行合理的調配，這樣便可達到一舉兩得的效果。

身分驗證

　　我是法律系畢業，我的同學們(包括我在內)不是法官就是律師。

　　某次同學會，總共有 16 位同學出席。我統計了一下當時的情況：

　　（1）律師多於法官
　　（2）男法官多於男律師
　　（3）男律師多於女律師
　　（4）至少有一位女法官參加了聚會。

　　有趣的是，如果不把我計算在內，上述情況也不會發生任何變化。

　　現在請你猜猜看，我的職業和性別分別是什麼？

智慧一點通

由於法官和律師的總數是 16 名。

從（1）和（4）得知：律師至少 9 名，男法官最多 6 名。再根據（2），男律師必定少於 6 名。又根據（3），女律師少於男律師，所以男律師必定超過 4 名。故男律師正好是 5 名。

由於男律師多於女律師，且律師總數不少於 9 名，所以有 4 名女律師，5 名男律師。又因為男法官不能少於男律師，則男法官正好 6 名，這樣還有一位就是女法官。因此 16 人中有 6 位是男法官，5 位是男律師，1 位女法官和 4 位女律師。

接下來逐一驗證說話者的職業及性別：

如果說話的人是男法官，也就是說少一名男法官，這樣一來條件（2）就錯誤了。

如果說話的人是男律師，也就是說少一名男律師，這樣一來條件（3）就錯誤了。

如果說話的人是女法官，也就是說少一名

109

女法官，這樣一來條件（4）就錯誤了。

　　如果說話的人是女律師，也就是說少一名女律師，則4個條件都仍然成立。

　　所以說話的人是一位女律師。

（腦力訓練專家說）

　　將複雜的事件分解，再將每個分析結果綜合考量，這就是思考邏輯流動的證據。一旦進入全新的思考邏輯，大腦就能發揮全新的作用，藉此得到更有意義的收穫，同時提高創造力。

CHAPTER 04
創造能力訓練

智慧能為平凡帶來奇蹟，
創造力會讓你看到別人看不到的觀點。
那麼創造力應該如何培養呢？
認真做完以下遊戲，
你就有答案了。

魔術 紙靴

有一個方框和一雙連在一起的紙靴,以及一個小圓環。圓環的內徑比方框邊寬略大一些,連接紙靴的紙條長度則超過方框邊寬的兩倍(請見下圖)。

想想看,怎樣才能把紙靴和圓環套到方框上去(不可以把紙靴折細後從圓環內徑穿過再套上去)。

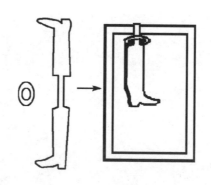

智慧一點通

如下圖所示，把紙靴夾住方框，再把方框對折起來，從方框的下端套入小圓環，然後再套在紙靴中間的連接條上。

腦力訓練專家說

解套訓練和拓撲學密切相關。本題中各個繩套（或圓環）的某些交點本來是分離的，雖然是以不同的方式套合起來，但這些交點可以分離的性質不變，解開的方法也只有一種。

錯綜 複雜

　　如下圖，15 個點均勻分佈在圓周上，任意
兩點間都有線段相連，請問共有多少條線段？

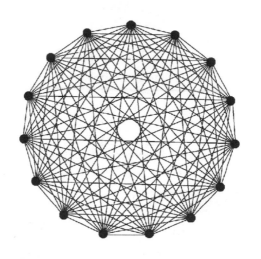

智慧一點通

其實不需要數就能判斷出答案了。

仔細想想，圓周總共 15 個點，每個點都可以引出 14 條線段。所以 15x14 共 210 條線段。但每條線段都是由兩個點相連接，也就是被算了兩次。

　　所以答案應為 210 的一半，即 105 條線段。

腦力訓練專家說

　　點數少時，圖案就相對簡單，一條條地數就可以又快又準確地獲得答案。而一旦點數增加，這種土法煉鋼的方法便不靈了，所以必須運用大腦想出簡便快速的方法。

三盞 電燈

房間裡有三盞電燈，而開關卻在隔壁房間裡，每個開關只能控制一盞燈。

你只能進入這兩個房間各一次，請找出哪個開關控制哪盞燈？

智慧一點通

首先打開第一個開關，讓隔壁屋子裡的一個燈亮一段時間，然後把它關掉。再打開第二個開關，接著馬上跑到有燈的房間，並用手觸摸沒有亮的燈泡。這樣就可以推測出：關著但是燈泡發熱的燈是由第一個開關控制的。

而亮著的燈是由第二個開關控制的；剩下的那盞燈便是由第三個開關控制。

腦力訓練專家說

　　這是一道考驗創造性的題目。在創新的思考模式之中，打破既定的心理認知，使大腦思維變得「充滿彈性」。

　　這是訓練創造力必不可少的重要一環。有時只要改變一下想法，調整一下思考的角度，解決問題的思路就會豁然開朗，這就是大腦思維「充滿彈性」的證據。

等距離的 線

下圖是一張形狀不規則的白紙，請在紙的同一面上畫4個點，4個點之間必須保持最大的距離。

在不使用任何測量工具的情況下，如何才能使其中兩點的距離與另外兩點的距離完全相等？

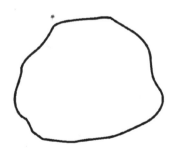

首先將紙捲起來，然後在紙的邊緣上畫兩

個點，注意必須畫在交錯的邊緣上。

也就是交疊的兩層紙張邊緣都能看到點（如下圖）。

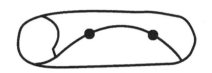

打開紙張之後，就會見到 4 個點，其中兩個點與另兩個點之間的距離一定相等。

(腦力訓練專家說)

當平面思維不能解決問題的時候，就採用立體思維，這樣便可以發現其他人看不到的東西。

有時只是稍稍轉移注意力，以思維發散、收斂等創新方式進行訓練，就可以培養並提高自己的創造力。

棋盤上的 圈圈

請問跳棋的棋盤上一共有多少個圓圈？

智慧一點通

　　只要將棋盤上的圈圈分成像下圖這樣的區塊，就能很快算出棋盤上的圓圈數，也就是，(4x5)x6+1 = 121 個。

腦力訓練專家說

　　巧妙利用輔助線，便可將複雜的問題簡單化。創造能力可以活化大腦中的知識和經驗，帶領你進入全新的思維，獲得更有效率的解決方式。

佈置花壇

　　某造景公司規劃大樓中庭花園，業主要求將紅色、黃色、藍色和綠色的盆景放入現有的花壇架（如下圖），條件如下：

　　（1）每種顏色的花至少要有 3 盆。

　　（2）每盆綠色花都正好和 3 盆紅色花相鄰。

　　（3）每盆藍色花都正好和 2 盆黃色花相鄰。

　　（4）每盆黃色花都至少和 1 盆紅色、綠色和藍色花相鄰。

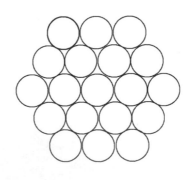

智慧一點通

答案如下圖所示：

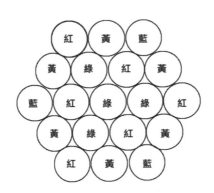

腦力訓練專家說

本題相對比較簡單，但依舊是訓練創造力的絕妙方法。基本的訓練，能讓你自然發展最原始的創新思維。

不夠卓越的關鍵，多半是由於沒有充分運用思維，不善於思考，缺乏創新的意識。因此我們必須隨時準備創新，時時進行思考。只有深思熟慮，才能機智靈活，勇敢面對各種新事物。

天降 神兵

　　古代某次城市保衛戰中，將軍帶領著 360 名將士守護一座城池。

　　這位將軍將 360 名將士分派到四面城牆上，目的要使四周敵人都能看到每面城牆上有 100 名將士守衛。戰鬥異常激烈，守城將士不斷陣亡，兵員逐漸減少至 340、320、300、280、260、240、220 名。但在這位將軍的巧妙安排下，在敵人眼中，每面城牆上的守衛將士始終都有 100 名。敵軍因此陣腳大亂，以為他們得到了天神的幫助，便驚慌地撤退了。

　　請問這位將軍是怎樣巧妙安排的呢？

智慧一點通

如下圖所示：

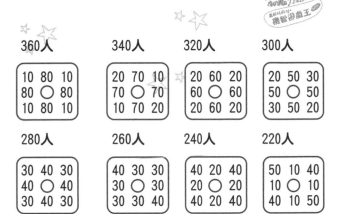

360人

10	80	10
80	○	80
10	80	10

340人

20	70	10
70	○	70
10	70	20

320人

20	60	20
60	○	60
20	60	20

300人

20	50	30
50	○	50
30	50	20

280人

30	40	30
40	○	40
30	40	30

260人

40	30	30
30	○	30
30	30	40

240人

40	20	40
20	○	20
40	20	40

220人

50	10	40
10	○	10
40	10	50

腦力訓練專家說

同樣的問題有人能解決，有人卻擱淺了。能否抓住問題的關鍵之處，然後靈活處理，就是運用思維之後截然不同的結果。

我們不是沒有機遇，只是機遇往往青睞善於思考的人。

七 連環

　　如下圖所示，7個圓環相連。若週一到周日，每天所拿的環數必須與日期相符，這串圓環至少要分割幾次？

智慧一點通

　　至少要分割兩次，將第二個環與第三個環中間截斷，還有第三個環與第四個環之間截斷，這樣就形成了三段：2環相連、單獨1環、4環相連。

　　於是第一天就可以拿一個環；第二天換拿2個環連在一起的那一段；而第三天，加上單獨一

個環；第四天，將手上三個環都放回去，拿4個
環連在一起的那一段；第五天，再加上單獨一個
環；第六天，放下單環，改拿2個環連在一起的
那一段；第七天，全部拿走。

腦力訓練專家說

當解決問題的方法很多時，就要選取最簡
單的。思考方式在出現創意之前，必須是流動
的，必須經過大量的專門訓練。

人的思維神經就如同身體的肌肉，只有不
斷練習，才會越來越強大。如果經常練習，即使
原來基礎不好，也能夠藉由努力而逐步提高。

花壇的 邊長

　　如圖所示，一個直徑為 100 公尺的圓形場地上有一座長方形的草坪，其中長邊為 80 公尺。

　　長方形草坪內建有一座菱形花壇，花壇的四個角正好位於長方形草坪的各邊中點。

　　請問花壇的邊長為幾公尺？

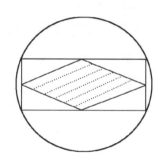

智慧一點通

如下圖所示：

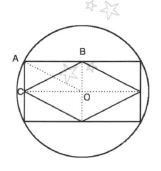

設圓心為O。

仔細觀察，菱形花壇的邊長與從菱形中心點（即圓心O）至圓形場地邊緣A的距離相等（因為長方形對角線相等），圓形場地的半徑是50公尺，也就是說菱形花壇的邊長為50x4 = 200公尺。

（腦力訓練專家說）

創新難免伴隨著幼稚和犯錯。但總是自我否定，很容易就會變得過度小心謹慎，懶於嘗試，讓思維逐漸封閉。

只關注單一領域，往往會阻礙自己發現更

新鮮、更有效的關鍵，因為思維的慣性很容易令人陷入泥沼。這時就需要進入其他領域，搜尋更多啟發自己的靈感。

砝碼的 妙用

天平是用來測量物體重量的,用來計算重量的砝碼有許多不同的規格。

如果只能使用 4 個砝碼秤出 1 克到 40 克總共 40 個整數的重量,請問應該用 4 個幾克的砝碼呢?

智慧一點通

天平一側放上 1 克和 3 克,就可以測量出 4 克的重量。但如果將天平兩端各自放上 1 克和 3 克兩個砝碼,再將物品放在 1 克砝碼那端,只要天平平衡了,就代表物品重量是 2 克。

所以按照這個道理,砝碼必須能夠互相利用。這樣推測下去,即可得出需要的 4 個砝碼分別為:1 克、3 克、9 克以及 27 克。這四個砝碼

加起來正好就是 40 克。

比如秤 20 克時，右秤盤放上 1 克和 9 克的砝碼以及待秤物品，左秤盤放上 3 克和 27 克的砝碼，天平擺正就是 20 克了。

依此類推，就可以測量到 40 克。

腦力訓練專家說

只要是利用創造性來思考問題，就能想到許多解決問題的方法。

主動探索各種方法是很重要的，即使已經找到了看似最有希望的方法，也不要斷然下結論，因為仔細思考一下，你會找到更多更簡便的解決方法。

硬幣 遊戲

　　兩人輪流將相同的硬幣放在圓桌上。當桌子上不能再多放任何硬幣而同時不遮住其他硬幣時，下一個放硬幣的人就輸了。

　　請設計一個戰略，使得其中一人無論桌子大小，保證獲得勝利？

智慧一點通

先放的玩家可以遵循以下規則，就能總是

獲勝：將第一枚硬幣放在桌子的正中心，然後，接下來的每一枚硬幣都放在對手所放硬幣的對稱位置上。

這樣一來，先放置硬幣的玩家一定能安全過關，後放置硬幣的玩家最終會因為沒有空位再放上硬幣而輸掉遊戲。

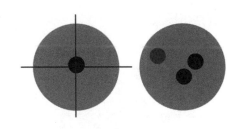

腦力訓練專家說

在解決問題前，一定要先把問題分析清楚，發現它的規律之後才能在這個基礎上進行創新。路是走出來的，方法是想出來的。

思考！一定要養成思考的好習慣，並積極運用到實際生活，才能不斷創造新的奇蹟。

巧拼 地毯

　　某地毯專賣店接到訂單，客戶要的是一張鋪在三角形房間裡的地毯，但是店家裁製時竟不小心將地毯翻成反面來裁剪。

　　地毯的形狀為不等邊三角形，請問該怎麼補救？

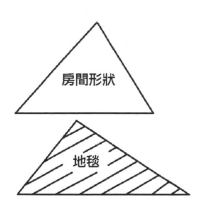

因為地毯是不等邊三角形，翻成反面就不符合房間的形狀了。這時只要將裁錯的地毯分割成幾個等腰三角形，再縫合起來即可。

如下圖所示，只要分割成 4 個等腰三角形就行了。

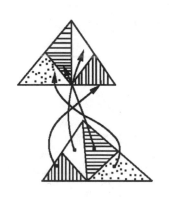

腦力訓練專家說

先從一個角度觀察並分析問題，然後換一個角度，接著再換另一個角度，你的理解就會不斷深入，也能逐步領會問題的根本。

CHAPTER 05
變通能力訓練

如果思維鑽進牛角尖裡出不來，

不妨改變觀念從側面切入去思考，

從宏觀角度去觀察終究可以找到捷徑。

靈活變通就是創新思維的關鍵，

在變通中啟動潛能。

百轉千回

請從 A 處走到 B 處，只准走 10 條直線（也就是只能轉彎 9 次），路線可以相互交叉。每個數字都要通過 1 次，數字 100 一定要通過 2 次；只要碰到數字 50 就必須轉換方向。

請問你會怎麼走？

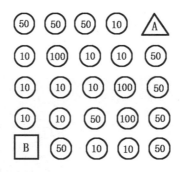

智慧一點通

解答如下圖所示：

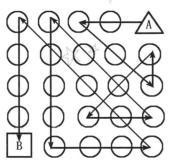

腦力訓練專家說

　　人人都擁有一雙足以發現並解決問題的眼睛，而成功的關鍵在於是否用心去觀察。

　　試著睜開你善於發現問題的眼睛，帶著探索的目光去認真發掘周遭的問題，或許這些問題就是你成功的起點。

非常 任務

有一盤水、一個燒杯、一個軟木塞、一根大頭針和一根火柴。

請將所有的水都倒入燒杯，但是不能把盛水的盤子端起來或者使之傾斜，也不能借助其他工具。

請問該怎麼完成任務？

智慧一點通

如下圖，將大頭針釘入火柴，並把火柴固定在軟木塞上。接著將火柴放到水面上，然後把火柴點燃，並把燒杯倒扣在軟木塞上。

等到燃燒的火柴消耗完燒杯內的氧氣之後，水就會進入燒杯了。

腦力訓練專家說

　　敏捷而靈活的轉換思考模式，重新組合已有的知識經驗，理解眼前的資訊，並找到突破，以超然的全新認知，把握事物發展的內在本質及規律，並進一步提出獨特的見解。

　　這就是思維的進化過程。

棋盤格之謎

　　下圖這個棋盤網格裡總共有 36 個 a。請拿掉其中 12 個 a，使得縱列、橫向每行的數目 a 都相等？

a	a	a	a	a	a
a	a	a	a	a	a
a	a	a	a	a	a
a	a	a	a	a	a
a	a	a	a	a	a
a	a	a	a	a	a

智慧一點通

如下圖所示（空格為拿掉的「a」）：

a		a	a	a	
		a	a	a	a
a	a	a			a
a	a		a		a
a	a			a	a
	a	a	a	a	

腦力訓練專家說

像這樣的題目，既要注意局部又不能忽略整體，要瞻前顧後，整體考量。

每件事物都一樣，都有其特定的發展過程和特徵，只要掌握整體，你就能科學地解決每一個問題。

「發現」單字

　　下圖字母矩陣裡藏了一個神秘的單字，找找看是哪個字吧！

R	V	E	O	V	C
S	I	O	V	R	D
V	E	R	C	V	O
R	O	V	E	S	E
E	R	S	C	R	I
C	E	R	E	O	R

智慧一點通

　　數一數每個字母出現的次數，就會發現字母「D」出現一次，「I」出現兩次，「S」出現三次，「C」出現四次，「O」出現五次，「V」

出現六次，「E」出現七次，「R」出現八次。

按這個順序排列字母，就能得到單字「discover」（發現）。

腦力訓練專家說

如果只是一味想從表中尋找單字組合，終究不會找到答案。只要善於轉換思考方式，在此路不通時，換一條更寬闊的路。

太過僵化的思維會使人變得平庸，如果不能擺脫這個束縛，就很難接近成功。認識事物和思考問題的過程，都需要變換角度。這是一種解決問題的方法。

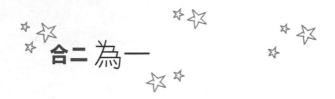

合二為一

U形玻璃管中灌滿了水和兩個乒乓球，如甲圖所示。

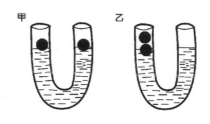

請問，在水和乒乓球都不能掉到玻璃管外的情況下，如何使甲圖變成乙圖。

智慧一點通

如下圖所示，先塞住U形管的兩邊開口，接著將玻璃管倒過來，使兩個乒乓球都浮在中央

地帶。然後按逆時針方向緩緩擺正 U 形管即可。

腦力訓練專家說

　　向「不可能」的事情挑戰，再把「不可能」變爲可能，這就是人類不斷進步的原因。

　　思考這道題目時，要盡可能多畫一畫、試一試，找出多種可能性，然後你就會發現，問題是可以解決的。

七巧板

　　大家都知道七巧板總共只有七塊，下圖這兩個圖形都是由同一副七巧板拼成的，但左邊那個圖形似乎比右邊的多出了一塊，這似乎很不合理。

　　請你分析看看吧！

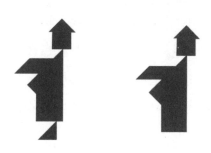

智慧一點通

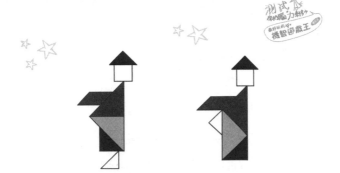

腦力訓練專家說

　　七巧板看似簡單，但裡面卻包含著複雜的數學理論。任何事物組合成一個整體，其內部各種要素必然會形成一定的結構。

　　沒有結構，就無法成系統。因此，人們在認識事物時，不僅要有整體觀念，還要有結構觀念，否則只會看到問題的表面，對於真正架構卻一無所知。

防禦工事

　　在遊戲場裡佈置一個模擬城市分佈圖（如下圖所示），圓圈代表了 35 個城市，線條代表公路，相鄰兩城之間的公路長為五千公尺。

　　如今要在其中某些城市加建防禦碉堡，使得每個城市與最近的防禦碉堡距離不大於五千公尺，請問應該怎樣佈置？

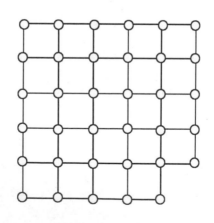

智慧一點通

如圖：

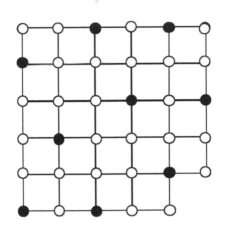

腦力訓練專家說

條條大路通羅馬，在眾多答案中選取最佳化答案才能達到訓練的目的。

提高思維的準確性，這對於聯繫能力的提高很有用。

獨立 空間

請在一個圓圈範圍內按下圖的樣子擺放 18
個小紙盒,另外準備 6 根筆直的鐵絲。

接著,請用這 6 根筆直的鐵絲(不能把鐵
絲弄彎)將 18 個小紙盒分開,也就是讓每一個
小紙盒各自擁有一塊獨立空間。

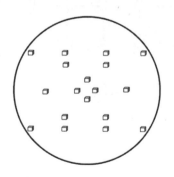

智慧一點通

如圖:

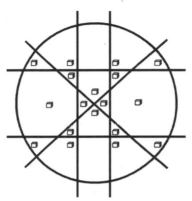

腦力訓練專家說

聯繫不僅只是簡單的表面，還要注意每個
事物的特點，不要忽略了細節問題。

同時應從宏觀的角度觀察整體與局部的聯
繫。

齒輪 運轉

一對橢圓齒輪可以運轉得很好，一對圓齒輪也可以運轉得很好。但如果用一個橢圓和一個圓齒輪互相配合，運轉得好不好呢？當然這兩個齒輪軸是固定在一定位置上的。

你認為呢？

智慧一點通

向「不可能」的事情挑戰，再把「不可能」變為可能，這就是人類不斷進步的原因。思考這道題時，要盡可能實際操作，試著找出多方面的可能性。你會發現，問題是可以解決的。

如圖所示，只要圓齒輪的周長等於橢圓齒輪周長的一半，而且將小圓齒輪的中軸偏離一點，就可以轉動了。

腦力訓練專家說

　　思考問題時頭腦要靈活，不斷嘗試新的方法，這樣才能快速地解決問題。

黑球 迷蹤

　　一段透明且兩端開口的塑膠軟管內有 11 個大小相同的圓球，其中 6 個是白色的，5 個是黑色的（如下圖所示），整段塑膠管的內徑都一樣寬，只能讓一個球通過。

　　如果不先取出白球，又不切斷塑膠管，那麼該用什麼辦法才能將黑球取出來？

智慧一點通

如下圖，把塑膠管彎起來使兩端的管口互

相對接，讓 4 個白球滾過對接處，進入另一端的
管口，再將塑膠管兩頭分離恢復原形，就可將黑
球取出。

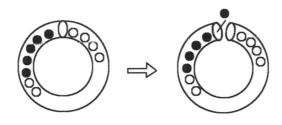

腦力訓練專家說

　　無論是思考如何解決碰到的新問題，還是
必須為老問題尋求新的解決方案，都需要各方探
索嘗試，先提出各式各樣的新設想，最後再篩選
出最佳方案。

一勞永逸

舒克的鄰居在蓋房子。這位鄰居在建築工地以外豎立起一塊很厚的木板，那很明顯是違章建築。

舒克看到這種情況後非常生氣，就寫了一張大大的「違章建築」字條貼在木板上。可是第二天這4個字就被撕掉了。於是，舒克又想了一個辦法，不管他們怎麼擦，就算是挖掉表面，都不可能讓字從木板上消失。

請問舒克用了什麼辦法？

智慧一點通

舒克用投影機將「違章建築」四個字打在鄰居家的木板上，故只要這個木板不拿走，不管是擦拭、覆蓋或挖掉，都不會讓這四個字消失。

腦力訓練專家說

善於動腦，就會有意想不到的結果。

事物的發展存在著多種可能性，一般人的觀察和思考過程，大都著眼於發展趨勢比較明顯的部分，因爲它很容易被看出來，這是很經常出現的狀況。思考要創新，常常必需刻意地擺脫這類制約。所謂改採「非常角度」去思考，就是特別注意並捕捉發展趨勢不明顯的特徵。

因爲越「不明顯」、越「難實現」的特點，往往在某些條件下會「出人意料」地成爲現實。

CHAPTER 06
飛躍能力訓練

從意想不到的地方切入，
大腦便會靈活且充滿彈性。
衝破僵化知識和經驗的束縛，
嘗試著轉換各種視角和想法，
讓潛能爆發、思維飛躍。

黑白 棋局

有 10 顆棋子排成一行,其中有 5 粒黑棋,5 粒白棋。請將棋子依黑白交錯排列,每次只能挑出連續兩粒棋子一起移動,且只能移動 4 次。

請問該如何移動呢?

智慧一點通

首先將棋子標上號碼,黑1、黑2、黑3、黑4、黑5、白6、白7、白8、白9、白10,然後開始移動。

第一步:黑1黑2黑5白6白7黑3黑4白8白9白10

第二步：黑1黑2黑5白6黑4白8白9白7黑3白10

第三步：黑5白6黑4白8黑1黑2白9白7黑3白10

第四步：黑5白6黑4白8黑1白7黑2白9黑3白10

　　思維的飛躍要以縝密有序的思考作為前提。另外，還要學會觸類旁通、舉一反三，將事物與其相類同的部分聯想起來。

　　這種融會貫通的思維方法對於增進思維飛躍極為重要。

棋局

6個硬幣可以沿縱、橫、斜向每次移動1步，每步1格。

請巧妙地移動硬幣，使縱、橫、斜向每條線上的硬幣都不超過2枚。請用最少的步數達到目的，並且A的位置上一定要放一枚硬幣。

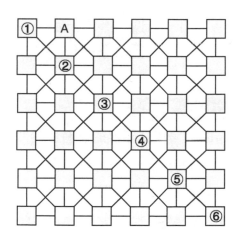

請按下圖移動。

按硬幣編號 1~6 號移動的步數順序相加為：

1 步 +2 步 +1 步 +1 步 +2 步 +1 步 ＝ 8 步。

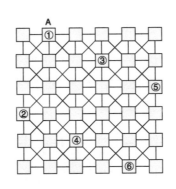

腦力訓練專家說

　　既定的思考模式雖然的確有助於問題的順利解決，但有時卻會因為知識和經驗受到制約無法擺脫，反成為解決問題的阻礙了。尤其是需要創造性時，總是難以從「循規蹈矩」中「異想天開」，反而限制了人們發展的潛力。

數 手指

如圖，大拇指為 1，食指為 2，中指為 3，無名指為 4，小指為 5，依次數手指；然後回轉，無名指為 6，中指為 7，食指為 8，大拇指為 9；再回轉，食指為 10……

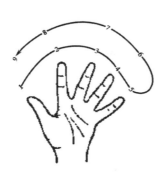

請問數到 1981 時會停在哪個手指上？

1981/8 餘數為 5，因此會數到小指。

任何正整數除以 8 的餘數與它的百、十、個三位數除以 8 的餘數都是一致。

所以就算要判斷 27531981 最後會數到哪個手指，只要將 981 除以 8 找出餘數就夠了。

腦力訓練專家說

不懂得思考，人類將無法作出決定，甚至無法生存。所以無論什麼時候，我們都不能停止思考。

在知識經濟時代，科學飛速發展，事物千變萬化，思考是強化自己最好的武裝。有了這項武器，就不會被社會的進步潮流所淘汰。

方塊陣

請將一些立方體布置成下圖這樣的陳列方式？

智慧一點通

這是不可能的。

這是把兩個立體透視圖並在一起形成的圖形。圖中帶有陰影的部分必須位於同一平面，不

可能在其間插入兩個上下排列的立方體。

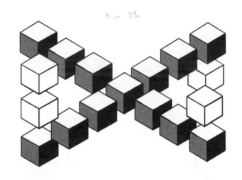

　　但是，如果圖中的立方體只是看起來像立方體，實際上畫成立體透視圖的平面紙板，這個圖形就可以擺出來了。

（腦力訓練專家說）

　　不要過於相信自己的直覺，因為你的直覺可能會產生錯誤。

　　運用幾何知識，理性地解決此類問題，就不會在錯誤的圖形中迷失方向。

賽馬比賽

甲、乙、丙、丁4匹馬進行賽跑，總共進行了4次比賽。結果是甲贏乙3次，乙又贏丙3次，丙又贏丁3次。很多人會以為丁跑得最慢，但事實上丁卻贏甲3次。

這種看似矛盾的結果，有可能發生嗎？

智慧一點通

這樣的結果是可能的。

第一次：甲、乙、丙、丁。

第二次：乙、丙、丁、甲。

第三次：丙、丁、甲、乙。

第四次：丁、甲、乙、丙。

腦力訓練專家說

正確的思考方法有時會受到某種力量的干擾，但只要找到了，你就能避免得出錯誤的結論，使你不致落入陷阱。

長長的 樓梯

一條長長的樓梯，若每次跨 2 階，最後會剩 1 階；每次跨 3 階，最後會剩 2 階；每次跨 4 階，最後會剩 3 階；每次跨 5 階，最後會剩 4 階；每次跨 6 階，最後會剩 5 階；每次跨 7 階，最後就恰好到達梯頂。

問這座樓梯最少有多少階？

智慧一點通

根據前 5 個條件可知，

這座樓梯的階數只要再加 1，就是 2、3、4、5、6 五個數的公倍數。

由於這五個數字的最小公倍數是 60，所以 60-1 ＝ 59，就是能滿足前面五個條件的最小自然數。但是 59 並不能被 7 整除，因此，只要將 59

173

連續加上 60，直到能被 7 整除爲止的這個數字，就是樓梯的階數。

59+60 ＝ 119，而 119 剛好能被 7 整除。所以這座樓梯共有 119 階。

腦力訓練專家說

在解決問題的過程中，要善於根據實際情況進行獨立的分析和思考，對問題的認識和解決要有獨創性的見解，不可受他人的影響，也不可依賴於他人的結論。

名片 規格

　　訂購的名片做好了。現在只知道名片的長度是 9 公分，在不使用任何工具的情況下，如何得知名片的寬度是多少呢？

　　如下圖所示，名片不能折也不能剪斷。

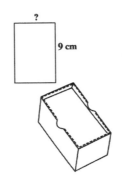

智慧一點通

　　依照下圖所示的方法，把橫擺的名片對著豎擺的名片排成兩排，直到兩者剛好吻合的時

候，再算算橫豎各幾張。

比如，以下圖為例，上列 3 張的長度剛好等於下列 5 張的寬度，因此 9x3 = 27，27 公分剛好是 5 張豎直擺放的名片總寬度，所以 27÷5 = 5.4。

所以，名片的寬度是 5.4 公分。

9 cm

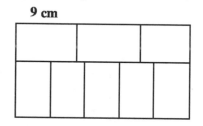

腦力訓練專家說

思考時要記得不可墨守成規，不要拘泥傳統，這樣才能夠使思路不受知識和經驗的束縛，跳出「常識」所架構出的框架。

要用前所未有的新角度去觀察分析事物，探求解決問題的新方法。

CHAPTER 07
行動能力訓練

「千里之行，始於足下。」
行動能賦予生命力量和累積成功的資本。
你必須起而行，
才能決定自己的價值。
為夢想釋放你最大的能量吧！

金銀幣

有一次，國王把一枚金幣和一枚稍大的銀幣放在葡萄酒杯中（如下圖所示）

接著對囚犯們說：「誰能不用手或其他工具，從杯中取出金幣，我就給誰自由。」

你也試著想想看有什麼好辦法吧？

智慧一點通

首先必須把限定條件以外的方法排除掉，才有可能探索新的方法。

你可能想把金幣倒出來，那麼不妨先把杯子傾斜一下看看結果會怎樣。吹氣好像也可以吹動金幣，試試看把注意力轉移到吹氣這個方法。

這裡有個方式：用嘴朝著杯口用力吹氣，那麼銀幣就會開始旋轉。如果浮力和銀幣旋轉的力量夠大，金幣就可以從杯口飛出來。

腦力訓練專家說

解決問題需要對策，同一個問題往往可以用不同的方法解決。所以創造力很重要，只要開始動腦筋之後，就會發現新對策在解決問題的過程中，似乎有著更高的效率。

喝汽水

假設汽水一瓶 1 塊錢，喝完後兩個空瓶可以再換一瓶汽水。

請問 20 塊錢，最多可以喝到幾瓶汽水？

智慧一點通

先看 1 塊錢最多能喝幾瓶汽水。

喝掉一瓶後，拿著空瓶向商家借 1 個空瓶，總共 2 個空瓶換 1 瓶汽水繼續喝，喝完後再把 1 個空瓶還給商家。也就是 1 塊錢最多能喝 2 瓶汽水，那 20 塊錢當然最多能喝 40 瓶汽水囉。

腦力訓練專家說

全面且鉅細靡遺地思考問題，可以讓我們的思維更加縝密。

西洋 棋局

　　西洋棋的走法是這樣的：皇后可以橫、豎、斜走動任意格數，威力強大，而國王也可以橫、豎、斜走，但每步只能走一格。雙方每次都必須走動，不得棄權。

　　現在有一個 3x4 的棋盤，白皇后在 c2，而黑國王在 a3。請你手持白皇后，迫使黑國王走到右上角 d3 格內（下圖問號處）。

　　請試試看應該怎麼走吧。

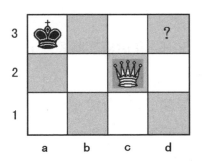

開局時白皇后（以下簡稱爲后）在 c2，而黑國王（以下簡稱爲王）在 a3。步驟如下：

1. 后 c3 王 a2(后走至 c3 對王形成威脅，王只能躲到 a2 以求保命)。

2. 后 c1 王 b3(后走至 c1 時，王就無法再走到其他地方，而只能斜走至 b3)。

3. 后 a1 王 c2(后平移至 a1，王又只能走到 c2，因爲其他地方都在后的封殺範圍之內)。

4. 后 a2 王 c3(后上升至 a2 對王叫殺，王走到 c3 以避鋒芒)。

5. 后 b1 王 d2(后斜飛至 b1，王又不得不躲到 d2)。

6. 后 b2 王 d1(后再次叫殺，王若不走進 d3 就得走進 d1)。

7. 后 a2 王 c1(后由 b2 退至 a2，在后的嚴密看管下，王無法升至第 2 行，只能走到 c1 格，因爲它不能不走)。

8. 后 b3 王 d2(后斜飛至 b3，王就只能又回到 d2，十分被動)。

9. 后 bl 王 c3(后不走到 b2 叫殺而走到 bl，於是王除了走到 c3 處別無他法)。

10. 后 a2 王 d3(當后走到 a2 時，王欲向左向下都已不行，只有乖乖俯首走進 d3 格內了)。

腦力訓練專家說

當我們遇到困難時，要堅持不懈，要有「不解決問題不甘休」的精神。但是，並不是要我們一味往前衝，在解決具體問題的時候，我們應該小心分析，能進也能退。

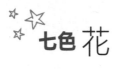
七色花

如下圖的七角星中有 15 個小圓圈。請將 1 至 15 分別填入圓中，使任一菱形的 4 個數總和為 30。

快試一試吧！

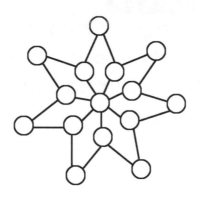

如圖：

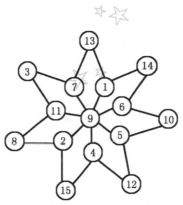

腦力訓練專家說

　　學習知識的關鍵，除了思考還是思考。不管在科學領域或是其他努力的道路上，思考都是成功的關鍵。

橋樑工程

　　請搭出如下圖所示的積木橋。乍看之下你可能會說，這種結構的橋怎麼搭得出來，因為還沒搭幾塊，橋就會因為重心不穩而倒塌。

　　可是，只要找到正確的方式，搭這座橋將是輕而易舉的事情。

智慧一點通

關鍵在於橋墩與橋面之間的支撐。

一開始可以多放兩塊積木做橋墩（如下圖所示）。直到搭了足夠多的積木後，橋的構架也就完全穩定了，就可以把多餘的橋墩撤走。

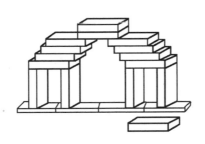

（腦力訓練專家說）

這個遊戲帶來最大的啟示就是：要善於利用輔助解決問題，這樣看似不可能的事情就會變得順理成章了。

情報 傳遞

下圖中，從起點到終點總共有多少種不同的路徑？

途中不可隨意折返方向喔。

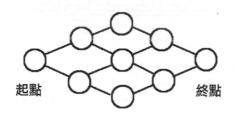

起點　　　　　　　　　　　終點

智慧一點通

一共有 6 種途徑可以到達終點。

如下圖，在每個圓圈中寫上能到達該圓圈的路徑數目。

左邊起點的圓圈都只有一條到達路徑，所

以數字都是 1。其他各圈內的數字就等於其左側
與它直接相連的圓圈數字和。

　　這樣一來，終點圓圈內的數字為 6，所以共
有 6 種途徑可以到達終點。

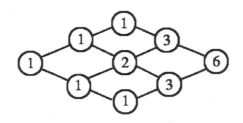

腦力訓練專家說

　　處處是出路，處處有玄機，稍不注意，路
線就會重複或者遺漏。

　　細心觀察、縝密思維是解答本題必不可少
的要件。

大小 正方形

現有 3 公分 x4 公分的撲克牌 12 張。請用這些撲克牌同時組合出大小不同的多個正方形。

條件是不能折疊或重疊撲克牌，也不能有兩個以上同樣大小的正方形同時存在。

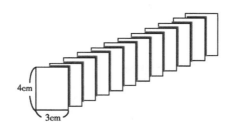

4cm

3cm

智慧一點通

請依下圖的組合方式，就會出現 5 個不同的正方形。

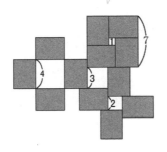

腦力訓練專家說

這個遊戲訓練的是組合能力。

「盡信書不如無書」，讀書的最終目的並不是獲取知識，而是訓練思考能力。同樣的，做練習題也不只是為了尋找答案，而是為了訓練思維，因為知識必須可以隨時查閱。

正確的思維方法和創新思維的開發，需要長期的練習過程。

沙場 點兵

韓信點兵又稱爲「剩餘定理」。

相傳漢高祖劉邦曾問大將軍韓信，麾下總共統禦了多少兵士。

韓信答說：「兵不滿一萬，每 5 人一列、9 人一列、13 人一列、17 人一列都剩 3 人。劉邦茫然而不知其數。」

請說說看韓信統御了多少士兵？

智慧一點通

9948。

首先我們先求 5、9、13、17 之最小公倍數 9945。既然 5、9、13、17 都是質數，其最小公倍數就是這些數的乘積，然後再加 3，便得 9948（人）。

腦力訓練專家說

　　碰到棘手的難題時，如何解決便成了當務之急。很多人不善思考，所以選擇逃避，很多人思考不當，導致前功盡棄。

　　只有堅持思考，也懂得思考的人，才能圓滿解決問題，取得最後的勝利。

CHAPTER 08
整合能力訓練

所謂整合，

就是將內在、外在的全部資源，

根據其順序進行整合，

以達到最優化的效果。

越快 越好

求下列算式的值，要求越快越好。

$$\frac{9871+9872+9873+9874+9875+9876+9877+9878+9879}{9}$$

解題之前，如果有觀察過全局，就應該發現題目所列的分子，其實是一串連續數字。

分解開來就是：

$(9870 \times 9 \div 9) + (1+2+3+4+5+7+8+9) \div 9$。

所以答案就是 9875。

在遇到自己解決不了的問題時，只要及時

改變思路，整合身邊資源，便可以獲得更多力量。

　　只要找到一套說明自己成功的思維方式，並將經驗整合系統化，就可以輕鬆地解決各類突發問題。

頭疼的 採購員

甲來到餐具店，發現自己所帶的錢正好可以購買21把叉子和21把湯匙，或者買28把餐刀。但他需要買成套的餐具，叉子、湯匙、餐刀的數量必須一樣多，並且要正好將身上的錢用完。

請幫他想個辦法吧！

假設1把叉子和1把湯匙加在一起的價錢為 A，一把小刀的價錢為 B，甲身上所有的錢總數為 C，總共買 x 套餐具。則可得到下列等式：

21A ＝ C ＝ 28B

即 21A ＝ 28B

所以 A ＝ 4/3

也就是說，叉子和湯匙的單價是餐刀單價

的 4/3。

如果甲要買 Z 套餐具，則：

Z×（A+B）＝ C，A 用 4/3B 代 替，C 用 28B 代替，就可得到：

Z×(4/3B+B) ＝ 28B。

兩邊都除以 B，得到 7Z/3 ＝ 28，所以 Z ＝ 12。

也就是說甲身上的錢正好能買 12 套餐具。

腦力訓練專家說

按照線索整合已知條件，就可以充分理解其中的可能性。

棋局 排列

有24枚棋子,分成3行排列,第1行11枚,第2行7枚,第3行6枚。

現在請搬移3次,使每一行的棋子都是8枚。而且每次搬入某行的棋子數目,必須和被搬入棋子的這一行原有棋子數目相等。

○○○○○○○○○○○
○○○○○○○○
○○○○○○

智慧一點通

第一步:把第一行的7枚棋子搬到第2行。

○○○○

○○○○○○○ ○○○○○○○

○○○○○

第二步：把上圖第 2 行中的 6 枚棋子搬到第 3 行。

○○○○
○○○○○○○○
○○○○○○　○○○○○○

第三步：把上圖第 3 行中的 4 枚棋子搬到第 1 行。

○○○○○○○○
○○○○○○○○
○○○○○○○○

腦力訓練專家說

系統性思考的主旨就是要「看見整體」，只要做得到，我們就能看見其中相互關聯的非單一事件，還有其中漸漸變化的形態。

這種思考方法可以使我們敏銳地預見事物整體的微妙變化，並根據現況制定相應的對策。

水桶量水

有一個容量有 8 公升的水桶裡裝滿了水。

請分別用容量 5 公升和 3 公升的兩個空水桶，將這 8 公升的水分為兩桶 4 公升的水。

智慧一點通

	8 公升水桶	5 公升水桶	3 公升水桶
第一次：	3	5	0
第二次：	3	2	3
第三次：	6	2	0
第四次：	6	0	2
第五次：	1	5	2
第六次：	1	4	3
第七次：	4	4	0

腦力訓練專家說

　　問題並不複雜，只是要系統性的考量一下。先抓住本質，然後簡化處理，大部分問題都很容易得到解決。

郵票價值

假設有 A、B、C、D、E 五枚價值大小不同的郵票。

已知：

（1）A 是 B 的兩倍價值。

（2）B 是 C 的四倍半價值。

（3）C 是 D 的一半價值。

（4）D 是 E 的一半價值。

請問這五枚郵票的價值由大到小怎麼排列？

智慧一點通

根據題意列出以下條件：

（1）A ＝ 2B

（2）B ＝ 4.5C

（3）C＝0.5D

（4）D＝0.5E

條件（2）可改為：2B＝9C。

條件（3）可改為：D＝2C，所以4.5D＝9C。

條件（4）可改為：E＝2D，所以2.25E＝4.5D。

上述各條件可再進一步整理為：

A＝2B

2B＝9C

9C＝4.5D

4.5D＝2.25E

由此可得：A＝2B＝2.25E＝4.5D＝9C

所以，這五枚郵票的價值由大到小依次為：

A、B、E、D、C。

腦力訓練專家說

有時候，需要納入考量的要素太多太雜，

也會擾亂正常的思路。

　　此時先把各個要素整合起來，再從整體的角度去思考，可能會有事半功倍的效果。

泰勒斯的 妙計

據說，古希臘哲學家泰勒斯曾經擔任呂底亞王軍中的一名士兵。一次，呂底亞王率兵出征，來到一條河邊。

由於河水又深又湍急，也遍尋不著橋樑與渡船，呂底亞王只能呆呆的望河興嘆。正當無奈之際，泰勒斯獻了一條計策，使得部隊在沒有橋樑也沒有渡船的情況下，終於順利地渡了河。

請問泰勒斯獻的是什麼樣的計策？

智慧一點通

如圖所示，泰勒斯先指揮部隊在軍營後方挖了一條很深的弧形溝渠，最後使其兩端與河水互通。

這樣一來，湍急的河水被分成兩股，主河

207

道的水就變得淺而緩，大軍便可以涉水過河了。

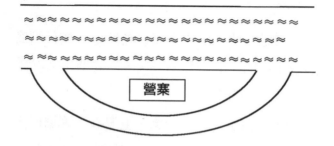

營寨

腦力訓練專家說

在解決問題的過程中，如果條件不夠判斷，就努力整合已知的東西，創造出新條件，這也是思維靈活的一種表現。

無論這種整合的結果多麼「笨拙」，只要能產生出更積極的結果，就是創新。

虎毒不食 子

有三對老虎母子和一條船。

所有的母老虎都會划船,三隻小老虎中只有一隻會划船,船每一次只能載兩隻老虎。三隻母老虎都不會吃掉自己的孩子,但只要另外兩隻小老虎沒有母親守護,就會被吃掉。

怎樣才能讓六隻老虎安全過河?

智慧一點通

設母老虎為 ABC,小老虎為 abc,其中 c 會划船。

(1) ac 過河,c 獨自返回。這時小老虎 a 已經過河。

(2) bc 過河,c 獨自返回。這時小老虎 ab 已經過河。

（3）BA 過河，換成 Bb 返回。這時 Aa 母子已經過河。

（4）Cc 過河，換成 Aa 回來。這時 Cc 母子已經過河。

（5）AB 過河，c 獨自返回。這時 ABC 三隻大老虎已經過河。

（6）ca 過河，c 獨自返回。這時 ABCa 已經過河。

（7）cb 過河，大功告成！

（腦力訓練專家說）

當我們遇到問題，並且渴望得到答案的時候，我們必須明確清楚真正的目的。

只要理解了，就可以開始尋找解決之道，這樣才可以省去不必要的麻煩，也能避免鑽入牛角尖。

塔樓上的 囚徒

　　有 A、B、C 三人遭到誣陷入獄，囚禁在一座塔樓上，除了一個窗戶可用於逃獄外，再無其他出路。

　　已知塔樓上有一個滑輪、一條繩索、兩個籃子、一塊重 30 公斤的石頭。不過只有當其中一個籃子比另一個籃子重 6 公斤的情況下，兩個籃子才能順利上下移動，否則就會有危險。

　　已知 A 體重 78 公斤，B 體重 42 公斤，C 體重 36 公斤。

　　這三個人該怎麼借助塔樓上的工具逃獄呢？

智慧一點通

逃離步驟如下：

	塔樓上	塔樓下
(1)先用人力將石頭慢慢放下。	A、B、C	石頭
(2)C下，石頭上。	A、B、石頭	C
(3)B下，C上。	A、C、石頭	B
(4)石頭下。	A、C	B、石頭
(5)A下，B和石頭上。	B、C、石頭	A
(6)石頭下。	B、C	A、石頭
(7)C下，石頭上。	B、石頭	A、C
(8)B下，C上。	C、石頭	A、B
(9)石頭下。	C	A、B、石頭
(10)C下，石頭上。	石頭	A、B、C（逃離）
(11)石頭自然墜下。	石頭	

腦力訓練專家說

　　面對錯綜複雜的問題，很難一下子完美解決。這時我們可以嘗試將一個大問題分割成不同的小問題，各個擊破。

　　這樣遠比毫無頭緒地尋找一個最佳方案要來得實際有用。

到底怎麼約

　　新成立的俱樂部雇用了三個專任主持人A、B、C，三人住在同一個城市，他們約定每個月都要聚會一次，討論俱樂部的活動。

　　第一次聚會的日子就要到了，可是有一個問題很麻煩。現在正值夏天，A在雨天不出門，陰天或晴天倒還好說；B性格怪僻，陰天或雨天還可以，如果是大太陽就不願離開家；C討厭陰天，只有晴天或雨天出門。

　　假設聚會當日的天氣情況一直不變，請問他們該怎麼聚會討論呢？

智慧一點通

　　每一種天氣都有不願意出門的人，看來要聚會似乎是不可能了。但沒有人說三個人都一定

要出門吧？在某一人家裡也可以聚會。所以下雨天，B和C到A家；陰天，A和B到C家；晴天，A和C到B家。

（腦力訓練專家說）

從整體角度出發，先分開觀察各個部分，然後綜合外部因素找到解決問題最恰當的方式。

鐘樓 報時

車站鐘樓的鐘聲間隔為 5 秒鐘。想知道現在是否已經 12 點了，就必須數完每一聲鐘聲。

請問數完 12 下鐘聲需要多少時間？

如果想知道現在是否是 6 點鐘，又需要多少時間？

智慧一點通

按照題目的描述計算的話，就會陷入數字陷阱中，得出 5x12 = 60(秒鐘) 的答案。

實際上，由於時鐘最多只會響 12 聲，所以當時鐘剛剛鳴響完第 12 下時，馬上就可以斷定是 12 點鐘了。

由於鐘聲從第一下開始鳴響到第 12 下為止，其間的鐘聲間隔為 11 下，所以知道是 12 點

需要的時間是：5x11 = 55(秒鐘)。

但是，若想知道是不是六點，在聽到第 6 下鐘聲之後，必須確定是否還會鳴響第七下？此時不再多等 5 秒鐘是無法知道的。所以確定是不是六點鐘所需要的時間是：5x6 = 30(秒鐘)。

腦力訓練專家說

很多問題需要借助過去已經得出的結論，再進一步向問題靠攏。

在遇到困難時首先要理智對待，主動尋找解決的辦法。只要敢於挑戰，一定可以突圍而出。

分粥 遊戲

　　一個 7 人的小團體必須共同生活，每個人都必須獲得平等待遇。7 人中雖沒有壞人，但個性不同相處起來難免有口角。所以他們必須想出一個制度來解決每天吃飯的問題：也就是每天只能分食一鍋粥。

　　因為沒有任何測量工具可以使用，大家試驗了很多不同的方法，各自發揮聰明才智，終於修正出幾個方法。大體說來主要有以下幾種：

　　方法一：由一個人負責分粥事宜。

　　方法二：大家輪流主持分粥。

　　方法三：所有人共同選出一個大家都信任的人主持分粥。

　　方法四：所有人共同選舉一位分粥委員和一個監督委員，形成監督和制約。

　　這四種方法完善嗎？有沒有更好的方法？

最好最簡單的方法是：

每個人輪流值日分粥，負責的人當日必定最後一個領粥，在這樣的制度下，每個主持分粥的人都會知道，如果每個碗裡的粥份量不同，自己拿到的那份一定是最少。

在軍事活動或遊戲活動中，雙方都希望獲勝，都在進行算計。有時推測正確，就會贏得勝利；有時推測錯誤，只好暫時認輸。

所以團體生活並不是單方面的想法和行動，經常是對立雙方之間的互動，於是演變成雙方各自作出科學策略的方式。

車站 告示牌

　　等車的時候，為了消磨時間，安東尼看著火車站的告示牌，試著沿黑線由一個字母走向另一個字母看看能拼出什麼單字。「STREAMS」是安東尼能找出最長的單字。突然他發現有一個單字把十三個字母都用上了，甚至連「連字號」也沒漏掉。請問是什麼單字？

　　提示是：這個以連字號連成的單字可能就是這塊告示牌的設計者。

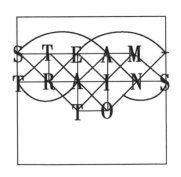

從 TRAINS 的「S」開始，沿著底部的邊緣找到「T」。接著就能找出 STATION-MASTER（站長）這個單字的其餘部分。

腦力訓練專家說

人們在認識事物時，很容易陷入混亂零碎的思維中，只要從零星的感知入手進行概括，直接把握事物各部分之間的聯繫，就會得到更簡潔明快的認知方法，得到超乎預期的結果。

回文 路標

　　某人搭乘汽車經過一個地方，看到路標上的公里數字是：15951，他覺得很有趣。這個數字的第一個數和第五個數相同，第二個數和第四個數相同。

　　汽車又行駛了兩個小時，該乘客又看到另一個路標，上面的公里數字仍然是第一個數和第五個相同，第二個數和第四個相同。

　　請問這台汽車在兩個小時內一共行駛了多少公里？另一個路標的數字又是多少公里？

智慧一點通

　　汽車兩個小時內一共行駛了 110 公里，另一個路標的數字是：16061。

「打開一切科學之門的鑰匙毫無疑問都是問號」，無論這個問題多麼渺小、多麼常見，無論問題的答案多麼簡單，只要發現了問題，便是一個壯舉。

i-smart

★ 親愛的讀者您好，感謝您購買 測試，你的腦力剩多少：最好玩的機智遊戲王(攜帶版) 這本書！

為了提供您更好的服務品質，請務必填寫回函資料後寄回，我們將贈送您一本好書（隨機選贈）及生日當月購書優惠，您的意見與建議是我們不斷進步的目標，智學堂文化再一次感謝您的支持！
想知道更多更即時的訊息，請搜尋 "永續圖書粉絲團"

您也可以使用以下傳真電話或是圖檔寄回本公司電子信箱，謝謝！

智學堂
智慧是學習的殿堂

傳真電話：　　　　　　　　　　電子信箱：

（02）8647-3660　　　　　　　yungjiuh@ms45.hinet.net

姓名：＿＿＿＿＿＿ ○先生 ○小姐　生日：＿＿＿＿＿＿　電話：＿＿＿＿＿＿

地址：＿＿＿＿＿＿＿＿＿＿＿＿＿＿＿＿＿＿＿＿＿＿＿＿＿＿＿＿＿＿＿

E-mail：＿＿＿＿＿＿＿＿＿＿＿＿＿＿＿＿＿＿＿＿＿＿＿＿＿＿＿＿＿＿

購買地點（店名）：＿＿＿＿＿＿＿＿＿＿＿　購買金額：＿＿＿＿＿＿

職　　業：○學生　○大眾傳播　○自由業　○資訊業　○金融業　○服務業　○教職
　　　　　○軍警　○製造業　○公職　○其他＿＿＿＿＿＿＿＿＿＿＿

教育程度：○高中以下（含高中）　○大學、專科　○研究所以上

您對本書的意見：☆內容　　　　○符合期待　○普通　○尚改進　○不符合期待
　　　　　　　　☆排版　　　　○符合期待　○普通　○尚改進　○不符合期待
　　　　　　　　☆文字閱讀　　○符合期待　○普通　○尚改進　○不符合期待
　　　　　　　　☆封面設計　　○符合期待　○普通　○尚改進　○不符合期待
　　　　　　　　☆印刷品質　　○符合期待　○普通　○尚改進　○不符合期待

您的寶貴建議：

請沿此虛線對折免貼郵票，以膠帶黏貼後寄回，謝謝！

智慧是學習的殿堂

永續圖書線上購物網
www.foreverbooks.com.tw